生徒会の水際

碧陽学園生徒会黙示録4

葵せきな

ファンタジア文庫

1753

口絵・本文イラスト　狗神煌

生徒会の水際

碧陽学園生徒会黙示録4

私のこの華麗なるフォルムは、言葉なんかじゃとても表現出来ないんだよ！ 5

真冬はクラスじゃ、とても目立たない方だと思います 37

あいつの噂は、あたしも結構聞いてたもんだぜ！ 色んな意味で！ 167

私を……私をそんな目で見ないで！ 271

あとがき 301

こくばん

生徒会長
桜《さくら》野《の》くりむ

三年生。見た目・言動・思考・生き様、
すべてがお子さまレベルという、
特定の人々にとっては奇跡的な存在。
何事にも必要以上に一生懸命。

副会長
杉《すぎ》崎《さき》鍵《けん》

業優秀による『特待枠』で
徒会入りした異例の存在。
一点の二年生。エロ…
とい、ギャルゲ大好きで、
徒会メンバーの
攻略を狙う。

書記
紅《あか》葉《ば》知《ち》弦《づる》

くりむのクラスメイトで、
クールでありながら
優しさも持ち合わせている
大人の女性。生徒会に
おける参謀的地位だが、
激しくサドな体質。

副会長
椎《しい》名《な》深《み》夏《なつ》

のクラスメイトで、
と書いておとこと読む、
い性格の持ち主。
性を嫌っており、
子人気が高い。髪をほどく
美少女度が倍増する。

会計
椎《しい》名《な》真《ま》冬《ふゆ》

深夏の妹で一年生。
当初ははかなげな美少女
だったが、徐々に頭角を
あらわし、今や取り返し
のつかないことに。
男性が苦手だが、鍵は平気。

出入り口

これが生徒会室の配置よ!

「私のこの華麗なフォルムは、
言葉なんかじゃとても表現出来ないんだよ！」
by 会長

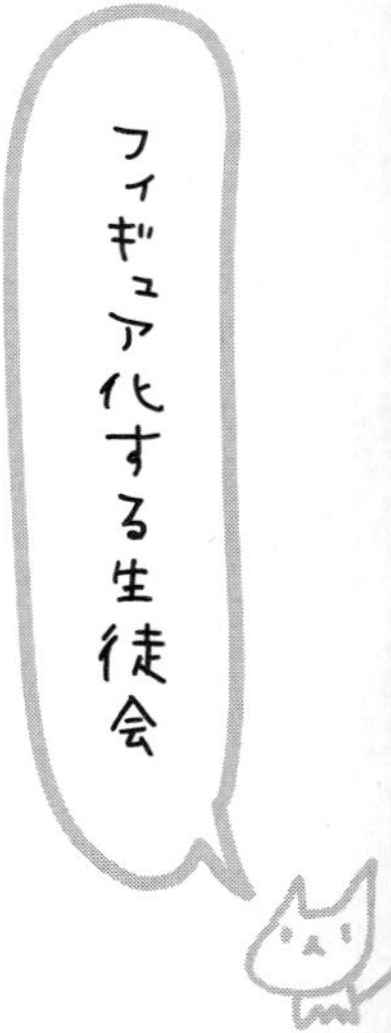

【フィギュア化する生徒会】

「カタチあるもの全《すべ》てに、命が宿っているのよ！」

会長がいつものように小さな胸を張ってなにかの本の受け売りを偉《えら》そうに語っていた。

「つまり日本古来の、八百万《やおよろず》の神、という考え方ね。アカちゃん」

折角《せっかく》の知弦《ちづる》さんの補足に、しかし、会長は憮然《ぶぜん》と返す。

「八百屋さんによろしく、なんて言ってない！」

「うん、私も言ってないわけだけど」

「そんな、八百屋さん業界の厳しい実状を描《えが》く漫画《まんが》、みたいなのは今回関係ないの！」

「アカちゃんが、ツッコミ役というボケと化しているわ」

「カタチあるもの全てに、命が宿っているのよ！　つまりこれは、色んなものに精霊《せいれい》……いえ、神様と呼ぶべきものが宿っているという、オリジナルの画期的考え方なの！」

「アカちゃん。だからそれを、八百万の神と……」

「八百屋さん以外にも神様はいるの！　全く知弦は、頭が固いね！」

「ごめんなさい」

なぜか知弦さんが負けていた。……いつも黒いと言われている知弦さんだけど、その実、彼女は普段《ふだん》から沢山《たくさん》キレていいポイントを見逃《みのが》しているのではなかろうか。絡《から》まれている知弦さんが可哀想《かわいそう》すぎるので、俺は会長に本題を訊《たず》ねる。

「それで今日は、何をするんですか？　俺の好きな美少女フィギュア談義ですか？」

「うん」

「まさかの正解！　ボケが、ボケとして機能しないだとぅ！」

俺が無駄《むだ》にショックを受けていると、会長が無視して説明を続けていく。

「今度ドラマガに付録としてフィギュアが付くことになったの。だから、今日はそれについて話し合おうと思うわ」

「フィギュア、ですか。……ふふふ、どうせまた会長さんなんでしょうね」

真冬《まふゆ》ちゃんが卑屈《ひくつ》なことを言って落ち込んでいる。流石《さすが》の会長も気まずそうだ。

「そ、それはそうなんだけどねっ！　ほ、ほら、今回だけじゃなく、今後も、こういう企《き》画《かく》はあるかもしれないしっ！」

「けっ。フィギュアなんて、軟弱《なんじゃく》だぜ……」

深夏《みなつ》までも拗《す》ねていた。椎名《しいな》姉妹の反発に、会長が今度は開き直って「とにかくっ！」といつものように仕切る。

「やるとなったからには、全力で取り組んでこそ生徒会だと思うの！」

「全力でと言ったって……俺達に、なにかすることあるんですか？」

短編掲載《けいさい》とかそういうものだったら、俺達の作業もあるが。ことフィギュアとなると専門外すぎて、俺達の会議が出る幕はないように感じる。

しかし会長は、相変わらず瞳《ひとみ》にやる気を滾《たぎ》らせていた。

「私達にだって、やることはあるはずだよ！　例えば……素材の吟味《ぎんみ》とか！」

「素材？」

確かに、最近はこういったモノにも色んなバリエーションが出て来ているから、話し合う余地はあるのかもしれないが……。

俺は顔をしかめて、意見する。

「でも会長。真冬ちゃんや俺みたいなインドア方面メンバーでも、ことフィギュアに関しては詳《くわ》しくないですよ。抱《だ》き枕《まくら》や大人の玩具《おもちゃ》なら俺も語れますが……」

「なんで十七歳の男子高校生がその分野だけ語れるのよ！　おかしいでしょ！」

「とにかく、俺達はフィギュアの素材に拘《こだわ》れるレベルじゃないという話です。どういう目的なら、どういう素材を選べばいいとか、そういうことは全然……」

「オリハルコンで作ればいいんじゃない？」

「そんな気軽に伝説の金属使われてたまりますかっ！　っていうか無理ですから！」

「じゃあ、賢者《けんじゃ》の石で」

「なんで錬金術師《れんきんじゅつし》達の悲願とも言える物質でフィギュア作るんですかっ！」

「折角作るんだったら、至高のものを提供したいじゃない、ファンに」

「至高のモノ過ぎますよ！　オリハルコン製も、賢者の石製も！　もっと現実的な素材にして下さい！」

「ダイヤ？」

「確かに現実だけどもっ！　富士見書房《ふじみしょぼう》、どんだけ読者想《おも》いなんですかっ！　もっと廉価《れんか》な素材にして下さい！」

「じゃあ、土で」

「急に廉価っ！　そんなの——て、粘土《ねんど》とかはなくもないのか。そういや最近は『ねんどろいど』とかも……いや、あれは、確か素材が粘土なわけでは……」

俺がブツブツ言っていると、会長が「あ」と反応してきた。

「それそれ。その、ねんど……なんとかっていうので、作るんだよ、私のフィギュア！」

「あ、そうなんですか？　じゃあ素材とか、やっぱり俺達が話し合う余地は——」

「信楽焼《しがらきやき》がいいなっ！」

「ねんどろいどを⁉　いや、素材は土じゃないし、そういうモノじゃないから！」

「なんだ……ガックリ。オリハルコンでも賢者の石でもダイヤでも信楽焼でもないなんて……そんなの、そんなのフィギュアじゃない！」

「いやいやいやいやいや、会長のフィギュアの定義がおかしいですから！　とにかく、素材は妙《みょう》なもの使えないですからっ！」

「……砂糖や水飴《みずあめ》を煮《に》詰《つ》めて固めたものとかも、駄目？」

「それはただの飴です！　フィギュアというより、飴です！　いや、待てよ。それなら、思う存分会長をべろべろ舐《な》めることが可能に――」

「うん、それはやめよう！　私が間違《まちが》ってたよ！　ごめんなさい！」

「会長が珍《めずら》しく謝った！」

「でも素材が工夫出来ないなら……ふむぅ。どうしようかなぁ」

「別に、俺達が無駄に関《かか》わる必要無いと思うんですが……」

と言ったものの、会長はやはり悩《なや》んだままだった。……小説や、その内容を原作とした何かならまだしも、イラストレーターさんが描いたものを元にしたフィギュアに関して、俺達がしゃしゃり出るようなことって、本当にないからな……。

と、そんな風に考えていると。さっきまで反発していた深夏が、「だったらさ」と、なぜか会議に加わってきた。

「ポージングを工夫すりゃいいんじゃねぇか？　あたしも、それなら協力するぜ！」

「ぽーじんぐ？」

会長が可愛く首を傾《かし》げる。深夏はそれに「おうよ」と返した。

「フィギュアのことはよく知らんけど、絵にせよ音声にせよ、キャラクターグッズっていうのは、そのキャラを象徴《しょうちょう》するような要素があると、喜ばれるんだぜ！」

「私を象徴するような……。……うーん、あんまり特定のポーズとってないよぅ？」

「ちっちっち。そんなの、後付でいいんだよ。作中でやってなくたって、いいポーズをさせておけば、それが後でスタンダードになっていくんだ！」

なぜか深夏が偉そうだった。戸惑《とまど》い気味の会長が「それで、具体的には？」と訊ねると、彼女は胸を張って、回答する！

「ファイティングポーズ！」

「全然私のキャラじゃない！」

びっくりするほどキャラが乖離《かいり》していた！　しかし、深夏は続ける。

「だったら、これからそういうキャラになりゃあいい。ほら、まずはケンを殴《なぐ》ろうぜ」

「やだよ、そんなキャラ！　そういうのは、深夏がフィギュア化する時にやればいいじゃない っ！」

おいこら待て。

会長がちゃんと反論してくれる。俺はホッと胸をなで下ろすも、深夏は不満そうだった。

「仕方ねぇな。じゃあ、アイテム付属しようぜ、アイテム。そのキャラを象徴するようなアイテムが脇《わき》にあると、ファンも喜ぶ！」

「ん、それは一理あるね！　私を象徴すると言うと……」

「釘《くぎ》バットかな」

「私は撲殺天使《ぼくさつてんし》じゃないよ！　そんなの一回も持ったことないし！」

「じゃあ、火炎瓶《かえんびん》？」

「だからなんで私はそんな過激なイメージなの⁉　もっと他《ほか》にぴったりなものあるでしょ！　ほら……可愛いぬいぐるみとか……」

「拷問《ごうもん》器具の『鉄の処女《アイアンメイデン》』とか？」

「それはむしろ知弦でしょう！」

「いやちょっとそのツッコミも待ちなさいな、アカちゃん」

知弦さんが口を出していたが、しかし、それを無視して二人のやりとりは続く。

「深夏の発想はおかしいよ！　ポージングはなくても、アイテムなら色々あると思うよ！　ほら、『私が生徒会長！』って書いたタスキとか……」

「血塗《ちぬ》られた日本刀とか」

「ＢＬＯ〇Ｄじゃあるまいし！　っていうか私のキャラのブレっぷりが、凄《すご》すぎるよ！」

「あたしの中では、結構そんなイメージなんだけどな、会長さん」

「だったら私は深夏への接し方を根本的に見直さなきゃと思うよ！」

「あ、文房具《ぶんぼうぐ》を凶器《きょうき》にしているイメージもあるな」

「どこの戦場〇原さんよっ！　っていうかなんか色々混同しすぎなのよ、深夏は！　アニメや漫画の見過ぎっ！」

「あれぇ？　おかしいな。じゃあ、あたしの中の会長さんのイメージは、なんなんだよ！」

「逆ギレ!?　知らないよ、そんなの！　自己責任！」

「あ、この包帯巻きながらも無理して汎用《はんよう》人型決戦兵器に乗り込もうとしている女の子のイメージは……」

「綾波《あやなみ》だよ！　もう本格的に現実と創作の見境がつかなくなってるわね！」

「大丈夫《だいじょうぶ》、冗談《じょうだん》だよ、冗談。そんな、いくらなんでも真冬みたいな末路は辿《たど》らねぇって」

「お姉ちゃん、今の若干《じゃっかん》聞き捨てならないんだけどっ！」

真冬ちゃんが口を出したタイミングで、ようやく二人の攻防《こうぼう》が止まる。意見を受け入れられなくて深夏が憮然《ぶぜん》とする一方、会長は会長で不機嫌《ふきげん》だった。

「まったく。もっとちゃんとした意見を持った人はいないの⁉」

問いかけに、しかし、誰《だれ》も挙手しない。そりゃそうだ。そもそも意見なんかないし、今の会長に誰も絡まれたくはない。

そんな中、空気を察したのか、知弦さんが仕方なさそうに手を挙げた。

「じゃあ、ねんどろいどアカちゃんの服装なのだけれど……」

「なになに？　いい案あるの？」

会長の期待しきった様子に、知弦さんは笑顔で答える。

「シャツに返り血がついていると、いいんじゃないかしら」

「なにが⁉」

「深読みできるわ」

「してもらわなくていいよ！」

「お！　じゃあそこに、あたしの提案したアイテム『血塗られた日本刀』もつけて……」

「どうしたいのよ！　この生徒会は、私を、どうしたいのよぉ！」

会長が半狂乱《はんきょうらん》だった。……うん、確かに今の会長に日本刀渡《わた》したら、計二人ほど斬《き》りそうだな……。

知弦さんが「まあまあ」と無駄《むだ》に優しい笑顔で声をかける。

「血は諦《あきら》めるわ。その代わり、白濁《はくだく》した液体を口元に……」

「だから私をどうしたいのよ！　っていうか知弦は前もそんな要求してきてたし！」

「お、知弦さんの意見に俺も賛成です！　更《さら》に頬《ほお》を紅潮させておいてほしいです！」

「だから、この生徒会は私をどうしたいのよぉ――――！」

会長が本格的にブチ切れていた。触《さわ》るモノ皆《みな》傷つける勢いの会長に、この中でまだ唯一《ゆいいつ》憎《にく》まれていない、真冬ちゃんが声をかける。

「まあまあ、会長さん。落ち着いて」

「ふぅーっ！　ふぅーっ！……ふぅ。真冬ちゃん……こうなったら、二人でフィギュアを作っていこう！」

「はいっ！　さしあたって、まず、会長さんを男性化させるところから始めましょう！　それなら真冬も、頑張《がんば》ります！」

「……は？」

「では、高名な同人イラストレーターさんに依頼《いらい》して、早速桜野《さっそくさくらの》くりお君を――」

「?　誰って、男性化した会長さんですよ。涼宮《すずみや》ハ○ヒコみたいな。セットで、超絶《ちようぜつ》美青年、紅葉《あかば》ミツルも作ります。……いい感じです」

「桜野くりお⁉　誰⁉」

ああ、俺のハーレム人員が半分男に！　なんてこった！

「なんでそんなことするのよ！　普通《ふつう》に、ありのままの私だけで行こうよ！」

「そんなの、需要《じゆよう》ありませんよ！　男性化しないと！」

「ドラマガ読者の嗜好《しこう》すんごい偏《かたよ》ってるね！　いいよ、普通のままで！」

「後で後悔《こうかい》しても遅《おそ》いんですからねっ！」

「今後悔するよりいいよ！　っていうか絶対後悔とかしないから！」

「分かりました。そこまで言うなら、真冬は止めません。会長さんなんか……勝手に血塗られたシャツと日本刀、作っちゃえばいいんですよぅ！」

「作らないよ⁉　真冬ちゃんの意見却下《きやつか》したからって、そっちもとらないからね⁉」

「あたし、会長さんなら分かってくれると信じてたぜ！」

「ようこそ、アカちゃん」

「いや、だから、私そっち陣営《じんえい》に入ってないから！」

「では会長は、俺と共にエロフィギュアをやってくれると言うんですねっ！」

紅葉ミツ
桜野くりお

「言ってないよ!? っていうか、もうこの生徒会、やだぁ――――――――!」

会長が遂《つい》には怒《いか》りを通《とお》り越《こ》して泣き出してしまった。しまった。変態ばかりすぎた。いつものことだけど。

とはいえ泣かしてしまったことは事実。俺達は反省し、せめてものお詫《わ》びとして、ちゃんと議題に取り組むことにした。それにはまず、会長の涙《なみだ》を止めなければ。

俺はひっくひっくとしゃくりあげる会長に、ライトな雑談を持ちかけてみる。

「かいちょ、かいちょ」

「ひっく……ふにゅ?」

つんつん。かまってかまって。こっち向いて、かいちょ。

「『くんずほぐれつ』って、いい言葉ですよね」

「!?」

「だって『くんずほぐれつ』ですよ。字面《じづら》だけ見ると意味分からないのに、どうしてこんなに、しっくり来るんでしょう」

「…………」

「会長?」

「うわぁーん! 弱ってるところを、杉崎《すぎさき》にセクハラされたぁー!」

会長、知弦さんの胸で大号泣だった。

知弦さんが、会長をあやしながらキッとこちらを睨《にら》み付ける。

「キー君。貴方《あなた》の中の『女の子の気分を変える雑談』から、なんでわざわざそれをチョイスしたのかしら……」

「なんでって……俺のその引き出しには、そんな話しか詰《つ》まってないもんで」

「そんなタンスは捨ててしまいなさい！」

なんか怒《おこ》られてしまった。俺がしょんぼりしていると、代わりに深夏がフォローを入れてくれる。

「ま、まあまあ、会長さん。元気出して、また、会議しようぜ？　な？　今度は血塗られた刀とか、物騒《ぶっそう》な提案しないから」

「……うぅ。ホント？」

「ホントホント。あたし、嘘《うそ》つかない」

それが既《すで》に嘘なのだが。会長は目元を袖《そで》でごしごし拭《ふ》いて、ニッと笑った。

「じゃあ……みなつのてーあん……きく」

会長がもじもじしながら、舌足らずな様子で譲歩《じょうほ》してきた。か、かわぇえ！　育てたい！　保護者になりたい！

深夏は「そっか」と温かく微笑《ほほえ》むと、立ち上がり会長の方まで行き、彼女の頭を優しく撫《な》でながら、告げる。

「拳《こぶし》に血の痕《あと》つけるだけにしような？」

「斬殺《ざんさつ》から殴殺《おうさつ》になっただけだぁ——！　全然反省してなぁ——い！」

優しい態度詐欺《さぎ》だった。うんうん、勉強になるなぁ。人間、態度が軟化《なんか》したからと言って、反省しているとは限らないんだなぁ。

会長がまた心に深い傷を負って知弦さんにしがみつく中、しかし深夏はしつこく続ける。

「違《ちが》うんだ会長さん。あたしは、会長さんを傷つけるつもりなんて全然なくて……」

「……ホント？」

「ああ。安心してくれ。会長さんの拳についているのは、あくまで敵の血さ！」

「そんな心配してるんじゃないんだよぉ——！　全然わかってないぃ————！」

「あれぇ？　おかしいな。わかった、わかった。じゃ、うん、拳に血をつけるのはやめる」

「ホント？」

「ホントホント」

「……拳以外も、血つけちゃ、駄目だよ？」

「え、マジで？」

「やっぱり全然反省してないぃ――――！　この子の辞書に、反省の二文字がないぃー！」

「じょ、冗談だよ、冗談。分かった、会長さん。この椎名深夏、二度と血液絡《がら》みの提案はしねぇ！　この……ウェハースに誓《ちか》って！」

「とても脆《もろ》いものに誓われた！　さっくさくだ！」

「むしゃむしゃ」

「食べたし！　誓いのウェハース食べちゃったし！」

「む、思いついたぞ、会長さん。血が駄目なら、臓物《ぞうもつ》でどーだ！」

「なにが『どーだ！』なのよ！　なんでそんなに胸張ってるの⁉　なんでそんなに『見たかこの逆転の発想』みたいな態度なの⁉　全然駄目だからね⁉　むしろ血液より更にワンランク上の駄目だからね⁉」

「……フィギュア制作って、難しいんだな」

「それ、こんな段階で実感しちゃうの⁉」

「あたし、フィギュアを舐《な》めてた。ファイティングポーズや血のついた刀さえあれば、百点なんだと思ってた」

「どんな勘違《かんちが》いよ！　勘違いにも程があるよ！」

「でもそうなると……あたし、もしかして、フィギュアの会議で役に立たない？」

「今頃《いまごろ》気付いたの!?　はぁ……もういいよ。疲《つか》れすぎて、泣ける気分でもなくなってきたし……」

紆余曲折《うよきょくせつ》あったものの。会長は知弦さんの胸から離《はな》れ、自分の席で嘆息《たんそく》していた。ま、まあ経緯《けいい》はどうあれ、元気は出たようなので結構。代わりに深夏が若干落ち込んでしまっているが、こっちは自業自得なので、放置。

復帰した会長が、やる気なさげながら、再び俺達に意見を求めてくる。

「じゃあ……今度こそまともな意見あるっていう人ー」

その言葉に、まずは真冬ちゃんが「はいっ」と挙手する。会長は……ジトーッとした目で彼女を睨んだ。

「男子化はしないよ……」

「はいっ、分かってます！　真冬、反省しました！　会長さんは、会長さんのままでいいのです！」

「！　真冬ちゃん……」

会長が瞳《ひとみ》をうるうるさせている。真冬ちゃんの改心に感動しているようだ。

真冬ちゃんは、なにかをふっきったような笑顔で、会長に提案した。

「では会長さん！　デザインをドット絵にしましょう！」

「ドット絵⁉」

「はいっ！　ねんどろいどの頭身に、ぴったりです！」

「頭身にはぴったりだけど、私には全然ぴったりじゃないよ、ドット絵！　ゲームキャラじゃないし、いや、ゲームキャラだってドット絵フィギュアはないよ！」

「チェリー野くりむがあるじゃないですか。ドット絵の会長さんが、剣《けん》と盾《たて》を持って……」

「いやだよ！　そんなの私じゃないよ！」

「あ、ごめんなさい、訂正《ていせい》します。血塗《ちぬ》られた剣と盾を持って……」

「誰《だれ》もそこ訂正してほしいとは思ってないよ！　というかなにその姉妹のいらない連携《れんけい》！」

「更に、うねうね動きます」

「うねうね⁉　ピコピコじゃなくて⁉　うねうね⁉」

「その様子、さながら軟体《なんたい》動物です！」

「デジタルとバイオの歪《いびつ》な融合《ゆうごう》っ！」

「そうなると、ドット絵というより、むしろモザイク処理に見えてくる不思議」

「そんな特殊《とくしゅ》すぎる魅力《みりょく》は私のフィギュアにはいらないよ！」

「血塗られた剣と盾、返り血のついた服、そしてモザイク処理……。はっ！　会長さん！　貴女《あなた》、何をしたんですかっ！」

「私が知りたいよっ！　というか全部自分発信ですけど、そのディテール！」

「会長さんのねんどろいど……時代を大きく動かす予感がしますね！」

「私キッカケで、そんな奇妙《きみよう》な方向に時代を動かすのはやめてぇ！」

会長の哀願《あいがん》……そう、哀願という言葉がぴったりな悲痛な叫《さけ》びに、真冬ちゃんはむくれながらも「そうですか……」と引き下がった。……まあ、俺も軟体ドット絵はどうかと思うよ……真冬ちゃん。

姉妹に弄《もてあそ》ばれてまたすっかり意気消沈《いきしようちん》気味の会長の肩《かた》に、知弦さんがぽんと優しく手を置く。

「アカちゃん……そろそろ決めようか？」

「この段階で⁉　こんな歪《ゆが》んだアイデアしか出揃《でそろ》ってない段階で⁉　いやだよ！」

「あらあら。仕方ないわねぇ。……じゃあ今回のオチも、私こと紅葉知弦がうまくまとめて、ちゃんとした企画《きかく》を富士見書房に提出したというカタチで……」

そう言いながら席を立つ知弦さんの手元から、書類が一枚、会長の前にこぼれ落ちる。

「——って、なにこの具体的な『血塗《ちまみ》れシリーズ』デッサン！　いつの間にここまでの完成度を誇《ほこ》るプレゼン資料作ったの⁉」

『ちっ』

「知弦、深夏、真冬ちゃん⁉　っていうかどうしていつの間にか『血塗れシリーズ』が生徒会全体の悲願みたいに扱《あつか》われているわけ⁉」

「大丈夫《だいじょうぶ》ですよ、会長！　俺はエロ方面一筋《ひとすじ》ですから！」

「いやな第三勢力いたぁ！」

「会長さん、あんまりワガママばかりじゃあ、あたし達も、そろそろ愛想尽《つ》かすぜ？」

「いやいやいやいやいや、愛想尽かすのはむしろ私の方だよ！」

「そこまで言うなら、仕方ありません。真冬、百歩譲《ゆず》ってドット絵で手を打ちましょう！」

「一歩も譲ってないじゃない！　っていうかいつの間にか生徒会前のめりすぎでしょう！

最初はフィギュアの会議なんてやる気なかったのに！」

「エンジンかかった時には最高速。それが俺達生徒会！」

「欠陥車《けっかんしゃ》にもほどがあるねっ！　車検絶対通らないねっ！」

会長がツッコミ疲れでぜぇぜぇ言っていた。……まさかの、今日は会長アウェーだった。

会長がダウンしたところで、俺達も若干真面目《じゃっかんまじめ》モードに戻《もど》る。

「でも実際、俺もマトモなアイデア、今回は本気で無いんですが」

「そうね。個人的な欲望《よくぼう》、希望なら私達もあるけれど。フィギュアの善《よ》し悪《あ》しは、流石《さすが》に素人《しろうと》的観点からしか語れないわね……」

そもそも、毎回こういうネタは結局「プロに任せるべき」という結論に落ち着くのだ。会議をするにしても、ちゃんと、専門知識持った人とかを交えてやるべきだったろう。

俺達のもっともな意見に、しかし会長は少し怯《ひる》みながらも、反論してきた。

「し、素人だからこその大胆《だいたん》な発想が、私は、欲しいんだよ！」

「血塗れ」

「ドット絵」

「それは素人どころか、ある意味特殊な人の発想になってるよ！　そうじゃなくて、もっとこう、刺激《しげき》的かつマイルドな……」

「そこでエロですよ」

「杉崎は一生口にチャック！　目にもチャック！　体に拘束衣《こうそくい》！」

「俺の罪はそこまでなんですか!?」

「とーにーかーくっ！　私はちゃんとした意見を求めているの！」

「……この生徒会に？」

「……うん、相談する人選を間違った感は、あるよね……。というか、そもそも、生徒会役員の選抜《せんばつ》からして、なんか間違った感あるよね……。ここにきて、容姿や成績だけで選んでしまった弊害《へいがい》が、如実《にょじつ》に出てきてるよね……」

全員凹《へこ》んだ。

気を取り直して、改めて会議に臨《のぞ》む。まずは真冬ちゃんが意見。

「先輩《せんぱい》のエロアイデアはどうかと思いますけど、確かに、読者サービスですし、そもそもフィギュアというモノ自体が『ファンサービス』という要素を多く孕《はら》んだジャンルですから、やっぱり、エロまでいかなくても、可愛くはあるべきだと思います！」

「おおー、流石真冬ちゃん！　私はそういう意見が聞きたかったんだよ！　で、具体的には？」

「えと……メイドさんのコスプレとかでしょうか」

「それは可愛いけど、やっぱり私に関係無いんじゃ……」

「秋《あき》○澪《みお》さんのコスプレとか……」

「それは可愛いけどっ、私らしさ一切無くなったんじゃっ！」

「Ｘｂｏ○３６０の『○○さんがオンラインです』表示の際の『ピコッ』っていう音とか」

「音!?　っていうか、なんかもうマニアックすぎて話についていけないよ！」

真冬ちゃんの意見が悉《ことごと》く却下《きゃっか》されてしまったので、ならばと、次は深夏が挙手する。

「はいはーい！　会長さんはやっぱり、人を殴《なぐ》っている時が一番輝《かがや》いているぜ！」

「なにその最低の褒《ほ》め言葉《ことば》！　というか、私はそんなに人殴ってないよ！　どちらかと言えば、それは深夏にこそ言えると思うよ！」

「え？　ははは、そんな馬鹿《ばか》な。あたしが一番輝くのは、花を愛《め》でている時じゃねぇか」

「著《いちじる》しいキャラ認識の相違《そうい》っ！」

「そんなことより、今は会長さんを可愛く描《えが》く方法だぜ。見失うな、会長さん」

「色々見失っているのは、私より深夏の方だと思うけどっ！」

「……ここは、荒《あら》ぶる鷹《たか》のポーズ、かな」

「可愛いかなぁそれ！　可愛いと認識してくれる人いるのかなぁ！」

「いや、待て。サイレンサー付けた拳銃《けんじゅう》の『パスッ　パスッ』という音も可愛いな……」

「また音!?　なんで椎名姉妹は音もビジュアルとしての視野に入れるの!?　共感覚なの!?　カ〇ン的感性の持ち主なの!?」

当然の如《ごと》く、深夏の意見もオール却下。

仕方ないといった様子で、知弦さんが会議に参加。

「皆《みんな》、アカちゃんの魅力の引き出し方が全然分かってないわねぇ」

「ち、知弦ぅ。やっぱり私のこと分かってくれるのは知弦だけだよぅ。言ってやってよ、このおかしな姉妹に！　私の魅力っていうのは、ズバリ――」

「狂気《きょうき》と絶望よ！」

「違《ちが》ぁぁぁぁぁぁぁぁぁぁぁああああう！　なんで!?　なんでそう思われているの!?」

「前も『ギャップ萌《も》え』の話をしたけれど。普段《ふだん》こういうキャラのアカちゃんだからこそ、狂気に歪んだ表情や、絶望に染まった顔のフィギュアは、一部ファンに大変喜ばれることと思うわ」

「その『一部ファン』って知弦のことでしょう！　っていうか、知弦ぐらいでしょう！」

「そんなことないわ。私以外にもきっといるわよ。四人ぐらい」

「少なっ！　じゃあそのフィギュアやる意味ないじゃない！」

「どんなに絶望的な状況《じょうきょう》でも、やらなきゃいけないことって、あると思うの」

「狂気の私フィギュア作製ではないと思うけどねっ！」

「じゃあ絶望の方で」

「そういう問題じゃなくてっ！」

「アカちゃんが、何かに怯《おび》えて涙《なみだ》と鼻水を流しているフィギュア。……くるわぁ」

「それを貰《もら》ったドラマガ読者はどう思うんだろうねっ！」

「それを観賞《かんしょう》しているところを親に見つかったドラマガ読者も、どうなるんでしょうね」

「ああっ、考えたくないっ！」

「はっ！ そう、その表情よ！ それが絶望の表情よ、アカちゃん！ 覚えておきなさい！」

「なんのためによ！」

「ちなみに、血塗れシリーズ装備の『狂気』、何かに怯える『絶望』、両方のバージョンを揃《そろ》えると、真実が見えてくるわ」

「ああっ！ 血塗れの刀を持った私に襲《おそ》われ、怯える私の姿が——ってなにその不条理オチ！ 怪談《かいだん》!? ドッペル的な感じ!? それとも幻覚《げんかく》!? むしろ真実が遠ざかったよ！」

「ふむ、いいわね、この二つのバージョン揃えて初めて完成する感じ。ポケ○ン的魅力で、小学生に大ヒット」

「P○Aで大問題になるよ！ 小学生にそんなの流通させないでぇ！」

「PT○ねぇ。……ところでアカちゃん。○TAってなんの略か知ってる？」

「？ そんなの知ってるに決まってるよ！ 『パパさん達の集まり』でしょ？」

「……よし、私、今日は満足！」

「何が!? 何で急に議題から手を引くの!? ねえ、なんで!?」

知弦さんが勝手に満足して、お腹《なか》をぽんぽんしながら、会議から外れていってしまった。ホント……確かにある意味会長の魅力の引き出し方を一番理解している人だな……。

会長が、藁《わら》にも縋《すが》る表情でこちらを見ている。

彼女の最後の希望としての期待に応えられるよう、俺は、会長に向き直った。

「やっぱり、服はいくらかはだけさせて——」

「…………」

「そう、それよ、アカちゃん！　それこそが狂気の表情！」

いきなり会長にすんごい顔をさせてしまった。あまりに罪悪感があったので、流石の俺も反省し真面目にやることにする。

「可愛いフィギュアねぇ……。確かに可愛さは最重要項目《こうもく》ですよね。少なくとも『邪神《じゃしん》』とは呼ばれたくないものです」

「狂気の表情でやったら、その称号《しょうごう》は貰えそうな気がするけどね」

「一応、無難《ぶなん》なアイデアなら一杯《いっぱい》ありますよ？　それこそコスプレやら、ちょっとした表情のニュアンスとか、ポージングとか。でも会長は、どうせ定番じゃ満足しないんでしょ？」

「う」

引きつる会長に、俺は皆を代表して告げる。

「皆がこんなに好き勝手言って暴走してんのも、まあ八割方趣味《しゅみ》ですが、残り二割は、どうせ普通の意見言っても『そんな普通なのじゃ駄目《だめ》！』みたいに言われそうだからだったりするんですからね？」

「うぅ……でも、でも」

「いや、責めているわけでもないんですが。ただ、この会議のハードルはいつになく高すぎますよという話です。フィギュアに詳《くわ》しい人材さえいないのに」

「それは、そうかもだけど……」

会長はぷくっと頬《ほお》を膨《ふく》らませてしまった。皆も肩《かた》を竦《すく》めるが、これはかりは仕方ない。特にこれは学校のことでさえないのだから、流石に一からフィギュアを学んだりというのに時間を割《さ》きすぎてしまうのも違《ちが》うだろう。

いくら子供の会長といえども、その理屈《りくつ》は理解出来たのか、もう駄々《だだ》はこねることがなかった。ただし、顔は偉《えら》く不機嫌《ふきげん》そうである。

まあ、俺達だって自分の関わる創作物で良い物が作りたくないわけではない。

「会長、元気出して下さい。知識が無いとはいえ、俺達、もう少し頑張《がんば》って案出してみますから」

「そうだぜ、会長さん。一見アホらしい意見の中にこそ、優秀《ゆうしゅう》なものが混じっているんだ」

「真冬だって、伊達《だて》にインドア趣味を極めてませんよ！　専門知識はありませんが、人のツボを突《つ》くビジュアルについては、いくらか語れると思います！」

「こんなところで諦《あきら》めて膨れてしまうのは、アカちゃんらしくないわよ？　やれる範囲《はんい》で、やれる限りのことをやりましょ？」

皆の言葉に、会長は徐々《じょじょ》に怒《いか》りの表情を緩《ゆる》め、最後には、じわっと瞳《ひとみ》に涙を浮《う》かべた。

「み、みんなぁ……。うぅ、ありがとう……」

『(かわえぇなぁ)』

生徒会全体が会長の感謝に和《なご》んだところで、会議は、再開された。

＊

そこからは、皆がそこそこマトモな意見を出し始めた。真剣《しんけん》にフィギュアのことを検討する……というよりは、会長が満足いくまで、ちゃんと議論をしてあげる、というスタンスだった。

つまり、ボランティア会議。会長が満足いくまで、あーだこーだと言い合ってみる。そこから生まれるものもあるかもしれないが、あくまで目的は、会長のための会議。

そう、少なくとも現在は、皆が、可愛い会長のために動いていたのだ。本来の生徒会の仕事が溜《た》まっていようとも。本当は今日ちょっと早く帰りたくても。帰りに買い物に行く予定を翌日に回そうとも。家でやりたいゲームがあったとしても。とにかく、会長のためという一点だけで、会議をしていたと言っていい。

……まあ、今更《いまさら》、なんで俺がこんなに、会長に対して恩着せがましい説明をくどくどしているのかというと。本当に、どうしても、どうしても、読者さんに共感してほしい、今回の会議のオチがあるからで。

とにかく、前提として。

俺達はフィギュアについて結構真剣に考えたし、それどころか、会長に対して、かなり誠実な対応をしていたと。序盤《じょばん》はふざけたかもしれないが、終盤は、本当に真摯《しんし》に接したと。そういう背景を、頭に入れて貰った上で、聞いてほしいのだが。

そんな状況の中で。

とにかく、その言葉……会長の言葉は、唐突《とうとつ》に、放たれたのだ。

「あ、フィギュア会議、もういいや」

『…………は？』

「だって、そもそも、余計なことするまでもなく私って可愛いじゃない？　そうだよ！　ここに居る誰《だれ》よりも可愛くて、優秀で、愛されるからこその、生徒会長だもん！　そんなの、もう『完成された美』と言えるでしょう。うむうむ。つまり、余計な味付けなど最初からいらなかったのだよー！」

『…………』

「うんうん、私のこの『びぼー』の前には、役員達の小手先のアイデアなど無力！　やー、時間を無駄にしたにも程があったねー。よっしよし、じゃあ、フィギュア会議はこの辺にして、次の議題に――って、あれ!?　ちょ、皆、どうしたの!?　なんで無言で荷物まとめてるの!?　え、ちょ、ど、どうして完全無視なの!?　み、皆!?」

『…………』

「わ、ちょ…………本気で帰ったぁ――――――――――――！」

『…………』

《会議の結論も出さず、無言で、小さい子を無視して、帰宅》という人間として、会議として、物語として最低のオチでも、読者の皆《みな》さんには、今回だけは許して欲しいと、会長以外の生徒会一同、心からお願い申し上げます。

「真冬はクラスじゃ、とても目立たない方だと思います」　by 真冬

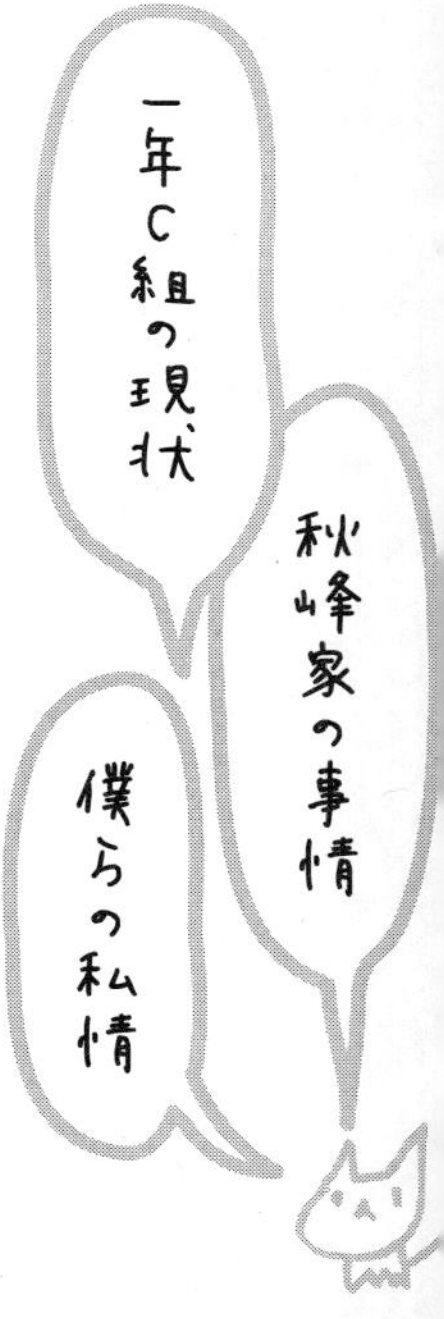

【一年C組の現状】

姉さん、最近僕は改めて、週刊少年漫画《まんが》雑誌を評価しているんだ。姉さんはどちらかと言えば少女漫画派だからピンと来ないかもだけれど、まあ、いわゆるジャ○プとかマガ○ンとかサ○デーとか、そういうヤツだ。

漫画をまとめてコミックで読むのもそれはそれでいいのだけれど、僕は、やはり雑誌掲《けい》載《さい》というカタチで読むのが好きなんだ。

あの、後腐《あとくさ》れの無い読み切り感が好きなのだと思う。深く入り込みすぎず、気軽に物語を堪能《たんのう》しては、あっさり他《ほか》のに移る。堪能し終えたら、そんなに長く取っておくこともせず、そのうちまとめて資源回収に出す。実に効率的な関係だと思わない？

あ、別に漫画の価値を下に見ているとかじゃないんだ。あくまで僕の好みの話であって。例えば僕は食事は多品目をちょこちょこ食べるのが好きだし、音楽はその時流行のものを一番だけ繰《く》り返《かえ》し聴《き》くぐらいでいいし、友達さえ、一人の親友より多数の知り合いが欲しいと思うぐらいで。

つまり、今の僕は深く狭《せま》くより、何事に対しても浅く広く、なにより淡泊《たんぱく》でありたいと思う人間なわけで。

少なくとも。

「第一回、チキチキ、椎名真冬《しいなまふゆ》をデートに誘《さそ》ってみる権利争奪戦《そうだつせん》――――!」

『うぉおおおおおおおおおおおおおおおおおおおおおお!』

「…………」

こういうイベントは、本気でご遠慮《えんりよ》願いたかったわけで。

放課後の視聴覚室《しちようかく》にて、だらーっと後方の長机に直接腰掛《こしか》けて、前方の熱狂《ねつきよう》的なクラスメイト集団を露骨《ろこつ》に引いた視線で眺《なが》める。あまりに引きすぎて、いつもは散歩時や風呂《ふろ》時みたいなタイミングで行う、姉への脳内レポートさえ発生していた。

そのまま遠い目をしていると、ふと、誰かが僕の肩に手を置いてくる。

「葉露《はろ》君。盛り上がっているクラスメイトに、そういう態度はいけませんよ」

「リリ姉《ねえ》……じゃなくて、委員長」

似合わない、すぐずり落ちるらしい眼鏡《めがね》をくいと指先で上げつつ、委員長が僕を睨《にら》んでいる。僕は彼女から視線を逸《そ》らし、嘆息《たんそく》しつつ、口を尖《とが》らせて反論した。

「委員長だって、いつも通りテンション低いじゃないか」

「そんなことないですよ。やっほう」

「そんな無感情な『やっほう』を僕は初めて聞いたよ」

姉さん、貴女もよく知る委員長こと国立凜々《くにたちりり》……つまり、リリ姉は今日も生真面目《きまじめ》を絵《え》に描《か》いたような性格ですよ。クラスのイベントを仕切りこそすれ、その中に混じって大騒《おおさわ》ぎすることもないといった様子。

だから、僕も彼女に注意される謂《いわ》れは無いと思っていたのだけれど、委員長は言い訳するように告げてきた。

「私も盛り上がってますよ。椎名さん、好きですし。常々、一度きちんと喋《しゃべ》りたいと思っていましたから。委員長としての話も色々ありますしね」

確かに、椎名は一学期の委員長だったから、二学期からの委員長としては、話したいこともあるのかもしれない。……デートという設定にも拘《かか》わらずそんな話題を想定している彼女も、どうかとは思うけど。

「ならいいけどさ。でも、だったら、椎名にそこまで興味が無い僕は、やっぱりこの戦いに参加しなくていいだろう……あいつら的にも」

そう言いながら、一年C組のクラスメイト達……もとい、椎名真冬ファンクラブの皆様《みなさま》を眺める。そんな僕に、しかし委員長は更《さら》に嘆息してしまった。

「葉露君。こういうことは、クラス一丸となって取り組むから、いいのですよ」

「委員長。こういうことを、クラス一丸となって取り組んでいるから、この組はヤバイんじゃないでしょうか」

二人、盛り上がるクラスメイト達を見る。司会の薄野虎太郎《すすきのこたろう》がその微妙《びみょう》にチャラい長髪《ちょうはつ》を振《ふ》り乱《みだ》し、シャウトしている真っ最中だった。

「椎名真冬は、大好きかぁ――――！」

『うぉおおおおおおおおおおおおおおおおおおおお！』

「椎名真冬を、愛しているかぁ――――！」

『うぉおおおおおおおおおおおおおおおおおおおお！』

「椎名真冬に、会いたいかぁ――――！」

『うぉおおおおおおおおおおおおおおおおおおおお！』

「杉崎鍵《すぎさきけん》は、」

『皆《みんな》の敵ぃいいいいいいいいいいいいいいいいいいいい！』

「…………」

　委員長の方を振り向く。委員長は何も言わず、視線を逸らしてしまった。おい、あんた責任持てよこのクラス。

「……男子も女子も一緒《いっしょ》になってここまで一つの目標に邁進《まいしん》出来ている高校生達なんて、今時うちのクラスぐらいです」

「こんな狂信集団クラスがそこら中にあってたまるか」

「そんなわけで、葉露君も、クラスの一員として盛り上がって下さい」

「イヤです。全力でイヤです」

　断固として拒否《きょひ》させて貰《もら》った。が、委員長は悲しそうな目をする。

「葉露君。高校生ク○ズに出場している子達は、こちらが多少そのテンションを疑問に思うぐらい、あのイベントに青春かけているではありませんか」

「いや、僕はそういうタイプじゃないからさ」

「またそんなひねた態度を……。葉露君がクラスになじめない不良さんになるのは、委員長として、悲しいです」

「いやいやいやいやいや、もっと根本的なところでクラスについて悲しむべきこと、あると思うんだけど！」

「なんですか葉露君。反抗期《はんこう》ですか」

「このクラスが発情期なんだよ」

「葉露君！　そういうこと言っちゃいけません！」

ぺしりと頭を叩《たた》かれる。これに関しては、僕も素直に反省した。

「あ、ごめんなさい。今のは流石《さすが》に下品すぎたかな……」

「そうです！　言っていい事実と、悪い事実がありますよ！」

「うん、今の委員長の発言は、言わない方が良かったことに類されると思う」

「とにかく、葉露君もちゃんと参加して下さい」

「へいへい」

「へいは一回」

「『へい』であることはいいんだ……」

相変わらず生真面目さがどうにも変な方向に向いている委員長に促《うなが》され、仕方なく、僕もイベントに参加の姿勢を示す。と、司会の虎太郎がここぞとばかりに僕に注目してきた。

「おやおや！　普段《ふだん》は寡黙《かもく》なチョイワルぶってモテようとしているアキバこと秋峰《あきみね》葉露君、ここに来てやはり参戦ですかっ！」

「ああ、普段からお調子者の道化《どうけ》ぶって実は誰《だれ》より下心満載《まんさい》の薄野虎太郎君が五月蝿《うるさ》いんでね」

言い返すと、虎太郎は明らかに動揺《どうよう》を見せてきた。

「し、下心なんかねぇよ！　俺はただ純粋《じゅんすい》に椎名さんとホテ——デート行きたいだけだよ！」

『…………』

男女全員の冷たい視線が虎太郎に向けられる。うーん、口の滑《すべ》らせかたまでホント残念な男だなぁ。だからそこそこイケメンなのに彼女出来ないんだろうなぁ。ある意味心が綺《き》麗《れい》だから、友達だけは多いんだけど。

虎太郎は焦《あせ》った様子で取《と》り繕《つくろ》い、無理矢理司会を再開する。

「い、いやぁー！　盛り上がって参りました！　ぐいぐい来ております！」

「下半身が？」

「こら、葉露君！」

下ネタツッコミに対し、隣《となり》から委員長の指摘《してき》が入る。僕は咄嗟《とっさ》に頭を下げた。

「あ、ごめん委員長、どうも思いついたら言わずにはいられない性格で……」

「虎太郎君の性欲《せいよく》がぐいぐい来ているなんて、女子一同から見てもとっくに明らかでドン引きしていた事実は、言わないでおいてあげるのが、優しさというものですよ」

「うぇ!? え、う、そ、え、あ、う……………うわぁぁぁあああん！」

「ほうら、虎太郎君泣いちゃったじゃないですか。ちゃんと謝りなさい、葉露君」

「そうだな。じゃあ一緒に謝ろうか、委員長」

「？　どうして私まで？」

そんなわけで、委員長と二人で虎太郎にごめんなさいして、場を仕切り直す。……なんか、うん、ホントすまんかった、虎太郎。

「はい。そんなわけで、盛り上がってまいりました。いぇーい。ワロスワロス」

『(明らかにテンションが下がっている！)』

委員長に辱《はずかし》められた虎太郎の、もう心ここにあらずなテキトーな司会に皆が何も指摘しない優しさを見せつつ、イベントが再開される。

「はい、一旦《いったん》まとめますと。椎名真冬本人を除く俺達一年C組生徒三十八名全員が彼女に心酔《しんすい》して久しいですが、それが故《ゆえ》に協定を作り、お互《たが》いを監視《かんし》し、逆に誰も彼女に手を出せなくなりつつある昨今。このままでは駄目《だめ》だということで立ち上げたのが、今回の企画《きかく》なわけです」

明らかにテンションの下がった虎太郎が淡々《たんたん》と説明する。ちなみに、心酔しているのが椎名を除く三十八名全員というのは誤りだ。僕も除外《じょがい》して、三十七名だ。……主張してもしゃーないんだけどさ。

そんな中、アニメ声で「はいはーい！」と叫《さけ》びながら、クラスメイト集団の中でぴょんぴょん飛《と》び跳《は》ねた生徒が居た。

虎太郎がそちらに目をやる。

「どうした、チート」

当てられたのは、チートこと巽千歳《たつみちとせ》。ビジュアル的には、低身長ながらグラマラス……というか、言っちゃえばロリ顔巨乳《きょにゅう》な上に、わざとしか思えないあざとさの「猫耳《ねこみみ》カチューシャ」をつけた女子。その特性上、生徒会役員みたいに万人受けはしないが、一部男子には超《ちょう》どストライクでもあるタイプというのか。……ちなみに僕的には、ナシです。ドン引き側です。

チートこと巽は、いつものように大袈裟《おおげさ》な身振《みぶ》りとともに質問する。

「えっとえっと、ちーちゃんが優勝したら、マフーと一緒に遊びに行ったりしていいってことかにゃ？」

「まあそういうことだな。こうでもしないと、全員が牽制《けんせい》しあって誰も動けない膠着《こうちゃく》状態すぎだからさ。あ、ただ、あくまでアプローチを一回かける権利を貰うだけだぞ」

「うにゃ？」

「だから、今回の企画で優勝しても、椎名に断られたら、はいそこまでという話だ」

「にゃはは、そんなの全然いいもんにゃー！　よぉし、ちーちゃん、今日は本気出しちゃうぞぉー。マフーは、ちーちゃんが貰っちゃうよぉー！」

普段は何事にも軽い態度で勝負事を自分から放棄《ほうき》する傾向《けいこう》にさえある巽が、珍《めずら》しく気合いを入れていた。周囲のクラスメイト達がざわつく。

「おいおい、アキバだけじゃなくて、チートも本格参戦かよ……」

「秋峰君はいいとして、千歳は厄介《やっかい》ね……」

「うん、千歳はあー見えて万能だもん……普段やる気ないから無害だけど……本気出されたら、まずいよねぇ。……まあ、秋峰君は雑魚《ざこ》っぽいからいいんだけど」

なんか妙《みょう》に僕がとばっちりを受けている気がするが、まあ、とにかく、皆がざわつくのも当然だ。淡々と司会をしていた虎太郎までも動揺を隠《かく》せなくなっている。

俺の隣でことを見守っていた委員長も呟《つぶや》いた。

「千歳が本気……これは、ちょっと興味深いことになってきましたね、葉露君」

「興味深いというか、もう、この企画やるまでもなくなっちゃったんじゃないか？　あのチート娘《むすめ》が本気とか言い出したら、もう、誰も手が付けられないぞ」

「まあそうなんですけど、でも、私個人的には千歳の本気、見たいです。バイキ○マンがアンパ○マンを庇《かば》って『ふ……オイラもヤキが回ったもんだぜ……ぐふ……じゃあな、アン○ンマン……バイバイキ……ン……』と言うシーンぐらい、見たいです」

「うん、なんか本気で見たいんだなということは、伝わってきたよ」

委員長のずれた価値観をいつもどおり受け流しつつ、巽の方を見る。ふと視線があって、「にゃはー」と笑顔で手を振られてしまった。苦笑いで返す。

あいつ……巽千歳は一種の天才なのだ。天才っつうか、万能？　一部の人間には、ニュー○イプとかコー○ィネーターとか言った方が分かりやすいかもしれない。能力パラメータが一般《いっぱん》平均のそれを満遍《まんべん》なく上回っているっていうんだろうか。なにをやっても最初から上手いし、何より、頭が抜群《ばつぐん》にいい。そうは見えないかもしれないが、長く付き合うとよく分かる。少なくとも、うちのクラスのヤッらには伝わっている。

つまり、キャラや努力と能力値が比例してないというのか。そんなことから、皆からはちょっとした恨《うら》みの感情も含《ふく》め、「チート」というあだ名で呼ばれてたりするわけだ。

ぼーっと巽を見ていると、彼女はぴょっこぴょっことスキップじみた、軽やかな猫のような動きで僕らの方にやってきた。

「やほー、ハロちん、いいんちょ」

「僕みたいなローテンションのキャラの、その挨拶《あいさつ》に対する正解が分からない」

「えと……やほーございます？　です、巽さん」

「にゃはは、相変わらず二人は面白いにゃー」

ちなみに、僕ら二人やそれこそ椎名真冬はどうも彼女に勝手に気に入られているらしい。

……あまり嬉《うれ》しくないことだ。なぜなら、彼女の他に気に入っているものは、聞いた限りだと「生徒会役員」「真儀瑠《まぎる》先生」「碧陽《へきよう》全体の異常性」「一年C組の狂気《きようき》」「アイドル星野《ほしの》巡《めぐる》の演技」「なまはげ」「プラナリア」「クソゲー」「作画崩壊《ほうかい》したアニメ」「かまいたち」

……といった感じだからで。ここにラインナップされる僕の気持ち、伝わるだろうか。

巽はなぜかファイティングポーズをとり、しゅっしゅとシャドーボクシングをしたかと思うと、僕らに笑いかけてきた。

「そんにゃわけで、今回は、ハロちんにもいいんちょにも負けないにゃ！」

「今回はも何も、お前、常識度以外で僕らに負けたことなんかあったか？」

「ないね。にゃはは。でも範馬《はんま》勇○郎を狩《か》るのにも全力を尽《つ》くすのが、ちーちゃんなのにゃー！」

「そうか。お前の中では地上最強の生物でさえ既《すで》に兎《うさぎ》的ポジションなのか」

どんだけ上位生物なんだよお前。

「でもでも、ちーちゃんのことより、ハロちんがやる気なのが、とても珍しいのにゃ」

「いや別にやる気は無いんだけど……」

そう答えると、また委員長に「葉露君」と厳しく睨《にら》まれてしまったので、溜息《ためいき》混じりに巽に返す。

「なんか、ちゃんと参加しないと怒《おこ》る人がいるんで」

「にゃはは、相変わらず二人は仲良しさんだにゃー」

「仲良しねぇ」

僕と委員長の関係を表す言葉としては、それもかなり違和感《いわかん》あるのだけど。まあそんな説明を今更《いまさら》巽にしても仕方ない。僕は話題を彼女に向けた。

「巽こそ、本気宣言なんて珍しいことするな」

「うにゃ、元々マフーのこと大好きだし、今回はハロちんが出て来たからにゃ！　今日は面白そうっていうか、面白く出来そうな土台だと考えたにゃ！」

「なるほど、最悪だ」

「ふふ、ちーちゃんの拳《こぶし》が、ハロちんの血を求めて疼《うず》いているにゃ……」

「いや、格闘《かくとう》勝負では絶対ないと思うけど。あとクラスメイトの血を求めるな」

「ハロちんの血液が、ちーちゃんの拳を求めているにゃ……」

「問題を僕側に移さないでくれますか」

「コタローの血液が、下半身に流れ込んでいるにゃ……」

「う、うわぁあああああああああああん！」

「うん、無駄に虎太郎にとばっちり喰《く》らわせるのもやめろ。男の性欲をいじるな」

「葉露君にそのツッコミをする資格はないと思います」

委員長の冷静なツッコミが入るが、実は委員長にもまたそのツッコミをする資格が無いという、今世紀最大の泥沼《どろぬま》会話だった。分かってるのか分かってないのか、巽が「にししし！」と笑う。

「とにかく！　今日は、楽しむにゃー！」

「ええい、もう、とにかく、対戦開始だぁ――――――――！」

ヤケになった虎太郎が叫び、クラスメイト達は『おおーっ！』と呼応《こおう》する。

そんなわけで、一年C組全員の様々な想い（主に下心）を孕《はら》んで、椎名真冬へのデート誘《さそ》い権争奪戦《そうだつせん》（勝手に）は開始されたのであった。

＊

「んなわけで、第一回戦にしてある意味頂上決戦！　秋峰葉露VS巽千歳ぇ～！」

びっくりするほど最悪の始まり方だった。視聴覚室《しちょうかく》の前方、特設ステージ（いつ作ったんだ）の壇上《だんじょう》から、僕はマイクを通して全体に語りかける。

「すいません、クラスメイトの皆《みな》さん。まずこの状況《じょうきょう》に抗議《こうぎ》させて欲しいのですが――」

「アキバとチート！　これは面白い勝負になるぞぉー！」

『いぇ～い！』

「（完全に僕らをまとめて潰《つぶ》しにかかってやがる！）」

相変わらず最低のクラスだ、一年C組。僕の敬愛する杉崎鍵先輩《せんぱい》がいらっしゃる二年B組は、あんなに自分のスタイルを貫《つらぬ》く、自主性に溢《あふ》れた人ばかりで楽しそうなのに。あぁ、ホント一年早く生まれたかったなぁ。

巽はしかしそんなクラスメイト達の思惑《おもわく》なんて知ったこっちゃないようで、「やぁやぁどうもどうも」と上機嫌《じょうきげん》に皆《みんな》に手を振《ふ》っていた。……ここだけの話、僕、このクラスが本気の本気、ツンデレ的意味を全く含まないぐらい本気の「大キライ」なんですが……姉さん、どうしましょう。僕は協調性の無い悪い子なのでしょうか。

司会の虎太郎が、僕の不満を完全にスルーしてイベントを推《お》し進めていく。

「さて、今回のバトルは、ずばり、『椎名真冬クイズ』だぁ――――！」

『うぉ――――――――！』

「あのー、すいません、皆さん。僕、その対戦形式な時点でどう考えても負けるので、試合を辞退したいんですが――」

「さぁて今回のクイズバトル、凡人《ぼんじん》・秋峰は天才・巽に食らいつくことが出来るのかぁー！　それとも、いつもクールぶっていたチキン野郎《やろう》が完膚《かんぷ》無《な》きまでに情けなく、大差をつけられて恥《は》ずかしい負け方をしてしまうのかぁ――――！」

『やっほぉおおおおおおおおおおおおおおおおおおおおおおおおおおおい！』

このクラス本気で腐《くさ》ってやがる！　これはもう、普通《ふつう》にイジメ認定されて然《しか》るべき状況だと思うんだが！　僕、登校拒否《きょひ》になっても誰《だれ》も責めないと思うんだがっ！

リリ姉……じゃなくて、委員長、こんなんでいいのかよ！　本当にいいのかよ！

僕がクラスメイト達の中の委員長に視線を向けると、彼女は、真剣《しんけん》な瞳《ひとみ》でこちらを見つめていた。お、今回ばかりは流石《さすが》に問題意識が芽生えたか――

「葉露君、ガンバッ！　勝負は、負けることにも、意義があるんですよ！」

「もうなんか色々残念すぎる！」

委員長の発言に色んな意味で傷付けられ、僕はもう諦《あきら》める。そうして、僕がぐったりしている間にも、虎太郎は司会を進行させていった。

「さぁて、それでは早速いきましょう！　説明するまでもありませんが、対戦形式は早押し問題！　正解が分かったら、目の前の解答ボタンをPUSH！」

説明されて、だるーく思いながらも確認すると、僕と巽、二人それぞれの前にある台に、確かに赤いボタンが設置されていた。どうやら古い教卓《きょうたく》を改造したものらしい。意外と本格的で、虎太郎に促《うなが》されて動作チェックで押してみると、《ピンポンッ》と電子音が鳴って札が立った。……まあこの学校のことだ、どんな備品があっても誰も驚《おどろ》くまい。

「では両名とも、準備はよろしいですか？」

虎太郎がテンション高く問いかけてくる。

「よろしいにゃ〜！　ちーちゃんはいつだってフルパワーにゃ！」

「よろしくないです。僕は断固中止を希望しま――」

「おーけぇーい！　では第一問！」

『いえぇぇえええええええええええい！』

姉さん。僕、クラス単位の人間に一斉《いっせい》に殺意を抱《いだ》いたこと、これが初めてですよ。

Q　椎名真冬が好きな本のジャンルは？

「…………」

全く分からん。っていうか興味ねぇ。なので僕は当然ボタンを押さないが、意外なことに、巽もボタンを押さなかった。

「おおっと、これはどうしたことだ、両者、こんな初級問題に長考だぁ〜！」

「いや初級も何も、椎名に興味無いヤツにとっては分かるハズないだろ。一個人の、好きな本のジャンルなんて……むしろ上級レベルの問題じゃないのか？」

『それはないわー』

「おおう、クラス全体に引かれてるぞ僕。だが安心しろ。僕も今、お前らのそのキモイ共通認識に全力で引いているから」

姉さん、僕と一年C組の溝《みぞ》は絶対に埋《う》まらないと思います。

しかし、こいつらにとって初級問題となると……なんで巽はボタンを押さない？　そう思って巽の方を見ると、彼女はニヤリと微笑《ほほえ》んでこちらを見ていた。

「ふふ、ハロちん、一問目はキミの実力を測るためにも、チャンスをあげようと思っていたけど……無駄《むだ》だったようだにゃぁ」

「うん、不敵に笑っているとこ悪いんだが、巽。お前さっき、範○勇次郎《ゆうじろうか》狩るのにも全力を尽くすとか言ってなかったか？」

いきなり手を抜《ぬ》いてきやがった。相変わらず軽い女だ。

巽が僕に失望したような分かりやすいリアクションを見せ、そして「やれやれ」といった様子でボタンを押して解答しようとする。クラスもまた、それを消化試合を見守るような目で見つめる。……なんかシャクだったので、空気を乱すためだけに、僕はボタンを押してやった。

《ピンポンッ》

「おおっと、アキバが押したぁ！　これは意外だ！　では解答どうぞ！」

「えーと、本格ミステリーとか」

『ねぇよｗｗｗｗ！』

「いや、お前ら当然みたいにツッコンで来たけど、それ常識じゃないと思うぞ!?」

ブーッと不正解音が鳴《な》り響《ひび》き、全体が失望感に包まれる。……いやいやいやいや、このクラスのツッコミの基準がおかしいから。この空間以外で、間違《まちが》って失笑されることじゃないから、これ。

解答権が巽に移る。彼女はそのまま当然のように「び～えるっ♪」と解答。正解音が鳴り響き、巽に1ポイントが入る。……どうしよう。誰かと競って負けて、ここまで悔《くや》しくないこと、僕、人生で初めてだわ。

「さぁて一問目は当然のようにチートが先取！　ちなみにこの対戦、全部で五問出題され、正解数の多い方が勝ちというルール！　たとえチートがストレートで三問正解し、どんだけアキバが情けない醜態《しゅうたい》を曝《さら》そうとも、五問目まできっちり消化試合もこなして頂きます！」

『いえぇぇぇぇぇぇぇぇぇぇぇぇぇぇぇぇぇぇぇい！』

「いやぁー、お前らの悪質さときたら、最早《もはや》ちょっとした犯罪者をも凌駕《りょうが》する域だな」

このクラスはそのうち正義の味方に蹴散《けち》らされてしまえばいいと思う。

まあそんな僕のドス黒い敵意には関係無く、イベントは進行していく。

「では第二問！　じゃじゃん！」

Q　椎名真冬が最近好きな言葉は？

「知らんがな」

僕はもうボタンに手をかけることさえせず、呆《あき》れた様子で呟《つぶや》く。しかしクラスメイト達は全員、「こんなの常識問題だろ……」という態度だった。

巽がこちらを見て、また僕をおちょくっている。

「へっへーん。ハロちん、先に答えてもいいんだよ？」

「っていうかもういいから、お前、マジで本気出せよ。そしてさっさと終わらせろよ、この下らんイベント」

「えー、やだー、ちーちゃんは、ハロちんの無様《ぶざま》な珍解答《ちんかいとう》が見たいのにゃ☆」

「性格悪っ！」

いくら天才気分屋娘《むすめ》とはいえ、やはり一年Ｃ組か。しかし、確かに巽が解答せず、クラスメイト達はニヤニヤ見守るばかりで事態は進行しそうにない。

仕方ないので、僕は解答ボタンを押した。

《ピンポンッ》

「はい、アキバ！」

虎太郎に当てられ、僕は頭を掻《か》きながら、仕方なくテキトーなことを……。……うん？

あ、そうだ、そういや昨日、椎名が隣《となり》の席でなんかブツブツ気持ち悪いこと呟いていたよな……。なんだっけあれ……あ、そうそう。

「えーと、『お前の全《すべ》てを、俺が受け止めてやるぜ！』とかなんとか……」

『！』

クラス全体、そして巽の表情に緊張《きんちょう》が走る。数秒の静寂《せいじゃく》。その後、虎太郎がハッとしたように叫《さけ》んだ。

「せ、正解！　アキバ選手、なんと正解です！　とんだムッツリが居たもんだ！」

「ムッツリとか言うな。僕はれっきとした今時の草食系男子だ」

答えつつクラスメイト達の様子を見ると、全員が悔しそうな顔をしていた。……うん、椎名に興味は無いが、こいつらの鼻をあかしてやるのは気持ちいいな。

ちなみに対戦相手の巽はと言えば、ちょっと他と反応が違《ちが》っていた。

「おおー、流石ハロちん、意外性あるにゃぁ～！　ちーちゃん的に、マ○オのラスボスが結局ク○パだった時ぐらい、意外だったにゃ～」

「お前実は全然驚いてないだろう。想定の範囲《はんい》内だったろう」

「にゃはは、ハロちんは、やらなくていい時にやる子だからにゃあ」

「僕を空気読めない子みたいに評価するのはやめろ」

巽とそんなやりとりをしていると、会場の方から委員長まで声をかけてきた。

「流石葉露君です。私は、信じてましたよ。葉露君は、ムッツリさんだって！」

「そんな信頼《しんらい》は要らない！」

「だって葉露君、なんだかんだ言って三本だけはHなDVD持ってますからね！　ゲームセ○ターCXのパッケージの中に紛《まぎ》れ込ませて！　初々《ういうい》しい素人《しろうと》さん系を！」

「この学級で行われているイジメのトップは、実は委員長じゃないかと思うんですがっ！」

　僕の必死な訴《うった》えの様子に、クラスメイト達がゲラゲラ笑う。く、くそぅ……。

　巽もケラケラ笑いながら僕を見る。

「やっぱり、同居人はなんでも知っているにゃ～」

「いやその反応は違う。リリ姉……じゃなくて、委員長の場合は、同居人の領分を超《こ》えた、完全なるプライバシー侵害《しんがい》だから」

　いくら同居中の従姉《いとこ》だからって、やっていい事と悪い事があるだろう。委員長をキッと睨《にら》み付ける。真剣な表情で「ふぁいとです！」と返された。……もうなんかいいや。

　笑い声が収まったところで、虎太郎が問題を再開する。

「では第三問！」

Q　椎名真冬が――

《ピンポンッ》
「はい、チート！」
「セガ○ターン！」
《ブーッ》
「不正解！　だけどおしい！　流石《さすが》チートと言いたいところだけど、今回は引っかけだったんだ！」
「あっちゃー、賭《か》けに負けちゃったかぁ〜。二択《たく》だったんだけどにゃぁ」
「だよなー。じゃあ正解は皆《みんな》で、せーの！」

『ワン○ースワン！』


「はい正解――」

「きめぇえええええええええええええええええええええええええ！」

僕、絶叫《ぜっきょう》だった。なにこのクラス！　もうイヤ！

「あれ、どうしたのですか葉露君。皆と一緒《いっしょ》に叫ばなきゃ、メッ、ですよ」

「いやいやいやいやいや、委員長、おかしいよねぇ!? このクラスの共通認識、どう考えてもおかしいよねぇ!?」

「? 何がですか? こんな常識問題ぐらい、皆答えられて普通《ふつう》では……」

「なんでだよ! っていうか未だにどういう問題だったのかさえ分からねーよ!」

「あ、葉露君はまだ椎名さん初心者だから仕方ないかな。あのね葉露君、『椎名真冬が』と来れば『セ○サターン』か『ワ○ダースワン』で受けるのが定石なんですよ」

「いつの間に椎名真冬クイズが百人一首レベルまで熟成《じゅくせい》されてんだよ! っていうか、それにしたって、『椎名真冬が』だけじゃ普通解答には至れないだろう! ほら、一問目だって二問目だって、その入り方だったじゃないかっ!」

「そこは読み手の声の抑揚《よくよう》とかで判断出来ますよ。ねえ、皆?」

『初歩だよね』

「このクラスのストーカーレベル高ぇえええええええええええええ!」

姉さん。このクラス、僕が思っている以上のヤバさかもしれません。これはもう、そんじょそこらの狂信《きょうしん》集団と一緒にすることさえおこがましい……。最早、訓練された軍隊のようなものです。

僕が愕然《がくぜん》としている間にも、司会は進行されていく。

「さあて、初出場のアキバは見逃《みのが》したが、基本このクラスでお手つきは相手の正解とされる慣例なので、これでなんと、アキバ対チート、2対1だぁああ！」

「ルール厳しっ！」

きっと百戦錬磨《ひゃくせんれんま》の熟練者同士の戦いが既《すで》に何度も行われた末の、このルールなのだろう。

僕が本気でクラスにドン引きしていると、チートがまた「にゃはは」と笑いかけてきた。

「やるにゃー、ハロちん。流石のムッツリさだにゃ」

「いや僕今回何もしてないし。そしてそのムッツリ評価やめろ。何度も繰《く》り返《かえ》し使うことにより、僕にそのキャラ定着させようとすんの、ホントにやめろ」

「そんにゃことしてないにゃ！　失敬にゃ！　ちーちゃんが現在具体的に進めている計画なんて、精々、人類補○計画ぐらいだにゃ！」

「碧陽でセカンドイ○パクトの予感⁉」

巽は相変わらず無邪気《むじゃき》な顔で「にゃっはは！」と笑っていた。……怖ぇ。クラスの異常性も怖《こわ》いが、こいつの、碧陽学園や生徒会の暴走さえ軽く利用してかかる天才性も本気で怖ぇ。冗談《じょうだん》じゃなく人類を補完しようとしてても、そんなに意外じゃねえ。

さて、相変わらず僕の動揺《どうよう》に関係無く、クイズは続く。

「第四問！」

Q　椎名真冬の――

《ピンポンッ》

「はい、チート！」

　またも巽の速攻《そっこう》だった。最初から分かっていたことだけど、ただでさえこのクラスメイトの誰《だれ》にも勝てないだろうのに、そこに加えて天才・巽が相手では、本来僕が出来ることなんて何も無いだろう。

　ボーッと、特に悔《くや》しさもなく彼女の解答を見守る。んー、これを巽が取って、２対２か……意外ともつれこんだなぁ……。

「椎名香澄《かすみ》！」

《ブーッ》

「おしい！　正解は、母親の香澄さんではなくて、ア・バ○ア・クーでしたぁー」

「あー、そっちかぁー。まいったにゃー、今日は勘《かん》が冴《さ》えないにゃ。うにゃー」

「いやいやいやいやいや、どういう問題⁉　っていうか椎名真冬問題でどうしたらジ○ンの宇宙要塞《ようさい》が出てくるんだよ⁉　不本意ながら問題を最後まで聞きたいんですけどっ！」

「というわけで、これにより、アキバの勝利確定ぇ〜！」

「えええええええええええええええええええええええええええ⁉」

もう僕、大混乱だった。なにからツッコンでいいのやら分からない。委員長と巽以外のクラスメイト達全員からブーイングをされているが、僕の方がブーイングしたい！

「いやいやいや、なんで僕勝ってんだよ！」

「そりゃお前、アキバがムッツリだったからだろう」

「違《ちげ》ぇよ！　っていうか僕に『実はこう見えて椎名真冬が好き』みたいなツンデレキャラつけんなっ！　そういうんじゃないから！　本気で、勝つ理由無い人間だから！」

「ハロちん……ちーちゃん、完敗だにゃ。流石、ちーちゃんの見込んだ男。その絶望的な戦力差をひっくり返す才能、まさに、主人公の器だにゃ！」

「いやいやいやいや、それ過大評価だから！　基本お前が自滅《じめつ》しただけだから！」

「いやいや、ちーちゃんに『ハロちんがマフーをデートに誘《さそ》うっていう展開も面白いかも』なんて思わせて、ちーちゃんを自滅に誘うなんて、流石ハロちんだにゃ♪」

「わざとかぁ――――！　ここまでの展開、全部予想済みかぁ――――！」

「え、そんなことにゃいよ？」

「う、ん？　そうか、まあ、いくら天才娘とはいえ、流石にそこまでは――」

「うんとにゃ、この布石によって、ハロちんがマフーと絡《から》んだ結果、生徒会がうちのクラスに興味持ってこのイベントや一連の出来事が小説化されて更《さら》に——ってもう面倒《めんどう》だから言わにゃいけど、もっともっと先の方まで予想済みだにゃ！」

「怖ぇえええええええええええええええええ！」

こいつはもう、ラスボスにジョブチェンジできる能力値なんじゃないだろうか。碧陽を本当に操っているのは、生徒会とかあの先輩《せんぱい》の創作で出て来た《企業《きぎょう》》なんかじゃなくて、こいつなんじゃなかろうか。

「とにもかくにも、アキバ、二回戦出場決定ぇ～！　ここで優勝候補と目されたチートを制するという、まさかの大番狂《おおばんくる》わせだぁー！」

『ぶぅううううううううううううううううううううううううう！』

「僕自身の予定的に大番狂わせだよ！　二回戦とかやりたくねぇ！」

「しかし、ここで終わらないのがこのクイズ！　消化試合もこなして頂きましょう！」

「相変わらず無駄《むだ》にストイックな競技！」

そんなわけで、小説や漫画《まんが》の定石を覆《くつがえ》す、まさかの「四問目で勝負決した後の、なんの得にもならない第五問目」が行われる。

「では最終問題！」

Q　椎名

《ピンポンッ》

「はい、チート！」

「桔平《きっぺい》」

《ブーッ》

「正解は、逆に、真冬でしたー！」

「あー、そっちかぁー、引っかかったにゃー」

「いやいやいやいやいやいや！　巽、お前実はやる気ねぇだろ⁉　なぁ⁉　そうなんだろ⁉」

というわけで、ぐっだぐだなイベントは僕のツッコミ満載《まんさい》で進行していったのだった。

＊

「というわけで、優勝は、アキバー！」

「なんで⁉　どうしてこうなった⁉」

『ぶぅぅうううううううううううううううううう！』

あの一回戦から約一時間後。事態はとんでもない局面を迎《むか》えていた。クラスメイト全員が壇上《だんじょう》の僕に向かって親指を下げる中、虎太郎がだるそうな顔で舌打ちしつつ告げてくる。

「しゃーねーだろうが、このムッツリ野郎《やろう》。クラス全員参加の、一対一形式でやっていたら、白熱して想定より時間かかっちまったから、一回戦の成績で決めるしかなくなっちまったんだよ」

「い、いや、それにしたって、なんで僕が優勝……」

「……あのなアキバ。俺達、お前とは違《ちが》うの。全員、プロなわけ」

「なんのだよ」

いやな自覚だった。虎太郎がチンピラじみた態度で僕に説明してくる。

「全員がプロである以上、そこには運要素が入る隙《すき》がほぼないぐらい、実力が伯仲《はくちゅう》しているる。となれば、どう足掻《あが》いたって、対戦結果は3対2とか、2対3になるわけよ」

「あ」

「気付いたようだな。そんな中で、一回戦で四問とってんの、お前だけなんだよ。つまり、アキバ優勝。はいはい、めでたしめでたし」

『パチ……………パチ…………………………………パチ』

「拍手《はくしゅ》まばらっ！　全然祝福されてねぇ！」

――と、思った瞬間《しゅんかん》。

「ぱちぱちぱちぱち！　葉露君最高です！　よく頑張《がんば》りましたね！　私は嬉《うれ》しいです！　流石《さすが》です！　流石葉露君です！　むぎゅー！　むぎゅぎゅぎゅぎゅぎゅ――――！」

唐突《とうとつ》に委員長に抱《だ》きしめられ、更に実は結構ある胸に顔を埋《うず》められ、更に更に、物凄《ものすご》い勢いで頭を撫《な》でられた。クラスメイト達から「（あー、またやってるわー）」という視線を感じる。……これも、僕がクラスと敵対する理由の一つだ。周囲から見たら、僕、激しく勝ち組くせぇ。まあ事はそう単純でもないのだけれど。

僕は毎度のことながら、顔を赤くしつつ、彼女の体から離《はな》れた。

「どうしたんですか葉露君。お姉ちゃん……じゃなくて、委員長が、撫で撫でしてあげます。むぎゅむぎゅしてあげます。おいでおいで」

「いや、そういうのはいいから！　いつも言っているけど、その、急にお姉さんモードで甘やかすのやめてくれないかな！」

「？　褒《ほ》められることとしたら、褒めてあげるのが当然ですよ？　あ、撫で撫でやむぎゅむぎゅはイヤですか？　なら何がいいですか？　ぺろぺろですか？　ぱふぱふですか？」

『！』

クラスメイト（主に男子の股間《こかん》）に電撃《でんげき》走る！　委員長本人が無自覚で言っているのは

理解していつつも、僕は顔を真っ赤にしながら、彼女を拒否《きょひ》る。

「いやいいから！　そういうの、いいから！　全然、望んでないから！」

「そうですか？　遠慮《えんりょ》しなくていいのに……」

委員長が両腕《りょううで》を広げて、さもハグしてあげるといった様子でおいでおいでしているが、僕はそれを断固として拒否する。そうしたらそうしたで男子達から「(何お前紳士《しんし》ぶってあの幸福イベント無視してんだよ、あぁ？)」といったドス黒い視線を受けたが……し、仕方ないんだよ！　こっちにも、色々事情あんの！

僕が色々な意味で悶々《もんもん》とする中、更にもう一人、僕に拍手を送る人物が。

「ぱちぱちぱちぱち！　ハロちんの意外性は流石だにゃ！　マフーは譲《ゆず》るにゃ！」

「何が意外性だ！　お前にとっては最初から最後まで計画通りだろう！　こうなること、全部知ってたんだろう！　なぁ！」

「そこまでじゃないにゃ。化○語的に言うなら、ちーちゃんが知ってることだけだにゃ」

「そ、そうか……そうかもな」

「まったくにゃ。ちーちゃんが知っていることなんて、精々《せいぜい》、アカシックレコードに記されていること一通りぐらいだにゃ」

「森羅万象《しんらばんしょう》全《すべ》てじゃねーかよ！」

つくづく、クラスメイトに恵《めぐ》まれてない僕だった。いや、ある意味恵まれているのか？

混沌《こんとん》とし始めた状況《じょうきょう》を、司会の責任感からか虎太郎がまとめる。

「とにかく！　あー、もう、本気でムカツクけど、お前が優勝なんだから、明日《あす》、ちゃんと椎名デートに誘えよ？」

「え？……いやいやいや、いいよ。僕、椎名に全然興味ないし、これ辞退――」

『…………』

なんかクラスメイト達から物凄い視線で睨《にら》まれた。

僕はもう面倒臭《めんどうくさ》くなって、頭をぼりぼり掻《か》きながら、テキトーに虎太郎から『デートに誘っていいですよ権』を受け取った。

「はいはい、明日、椎名誘ってみるよ。これでいいだろう？」

『…………くぅ』

「お前らホント面倒臭いなっ！」

そんなわけで、なんかしらんが、全く興味のない椎名をデートに誘うことになってしまった。……なんだこれ。

「椎名、デートして」

「ふぇ？」

『！』

＊

翌日、うだうだしているのも面倒臭いので、早速椎名に声をかけてみた。幸いというか不幸にもというか、椎名は僕の隣《となり》の席だ。彼女が登校してきて自分の机に教科書なんかをしまい終えたのを見はかり、軽く声をかける。

瞬間、登校してきていたクラスメイト達が一斉《いっせい》にこちらに注目してきたが、普段《ふだん》からポケポケしていてクラスメイト達がこんなストーカー集団化していることにも気付かない椎名は、全く気にした様子もなく、僕の顔をきょとんと見てきた。

「え、えと……アキバ君？　どうしたのですか？」

「どうしたって？」

相変わらず男と話すときはドギマギした様子の子だ。うーん……可愛いし、いい子だとは思うけど、僕はやっぱりちょっととっつきづらいんだよなぁ……まあ、クラスメイトだし、隣の席だし、一応友達だとは思っているんだけど。

　椎名は僕に言われたことが余程意外だったのか、照れた様子もなく、ただただ戸惑《とまど》った返答。

「いえ……急に先輩みたいなこと言うので。あ、そうです、確かアキバ君は、杉崎先輩に憧《あこが》れていたのですよね。だからですか？」

「あー、まあ、先輩が言いそうなことか。うん。まあそれは関係ないんだけど」

「ないんですか」

「で？　デートする？　しない？　個人的にはしない方がいいです」

「はい？　えと……じゃあ、なしで」

「よっしゃ！」

「ええええええ!?」

「いやー、良かった良かった。椎名とデートとか、別にしたくなかったからさ」

「えええええ!?　な、なんですかこれ。こ、これは……真冬、もしかして、いじめられているのですか？　そうなんですか？　あれですか。罰《ばつ》ゲーム的なアレなんですかっ！」

　なんか椎名がぶつぶつ呟《つぶや》いて落ち込んでいたが、僕的には義務を果たせたことでホッとしていたため、完全に無視する。そうそう、後々知ることだけど、どうもこの頃《ごろ》の椎名は、僕のこういう態度やクラスの扱《あつか》いもあって、なんか自分がハブられてると思っていたらしい。悪いことしたもんだ。

僕は特にそんなことを気にしてもいなかったが、妙《みょう》に椎名がしゅんとしてしまい、狂信《きょうしん》クラスから刺々《とげとげ》しい視線を受けてしまったので、軽くフォローを入れておくことにした。

「いやいや、椎名には、ほら、杉崎先輩が居《い》るだろう？」

そう言うとクラスメイト達から睨まれてしまった。当然っちゃ当然だけど、椎名を堂々と好きと宣言してアプローチをかけている杉崎先輩は、このクラスにとってラスボス的存在らしい。それだけに、僕にとっては色んな意味で尊敬する先輩なんだけど。

椎名はまた戸惑った様子で、こちらを見てきた。

「え、えと、真冬は、杉崎先輩と、そ、その、そういう関係では……うぅ」

お、赤くなってるよ。これは完全にアレだろ。脈ありまくりだろ。僕はこういうことには割とさとい人間だ。……残念だったな、我がクラスメイト達よ。僕が見るに、椎名のこれは、かなり本気みたいだぞ。まあ杉崎先輩、確かにカッコイイしな。

「うん、やっぱりデート行かなくて良かった。クラスメイトと敵対するのはいいけど、あの人の逆鱗《げきりん》には触《ふ》れたくないもんなぁ」

「じゃあなんで誘《さそ》ったんですか……意味が分かりません。うぅ、やはり罰ゲーム……」

ん、なんか椎名が落ち込んでいるぞ。話切《き》り替《か》えてやるか。

「まあ僕にしたって、好きな人以外とのデートは、流石に良心が咎《とが》めるよ」

「？　アキバ君、好きな人がいるのですか？　意外です」

「なんで？」

「え？　い、いえ……なんか……こう、凄く冷めている人だと思っていたので……」

「あー」

　まあ椎名とは隣の席と言えど、大した会話してないしなぁ。クラスメイトの本性が出て僕がツッコミに回るのも、基本椎名の居ない場所でのことだし、まあ、冷めた人間に見えるか。実際確かに冷めているんだけど。

　なんかちょっとした反省みたいなことをしていると、その間にも、椎名は何かぶつぶつ言っていた。

「はっ！　ま、まさか、尊敬しているとは言ってましたが、杉崎先輩のことが……。そ、そう考えれば、真冬を罰ゲームでデートに誘いながら、杉崎先輩の影《かげ》がちらついた途《と》端《たん》引いたという行動にも納得が……はわわ……これは……中目《なかめ》黒《ぐろ》先輩にライバル登場かもですっ！　む、むっふぅー！」

「？　どうした、椎名」

「れ、冷静キャラです！　クールキャラです！　年下キャラです！　こ、これはこれでありですよ！　久々に、真冬の想像力が喚起《かんき》されてますよー！」

「お、おーい、椎名？」

なんだコイツ。キモイぞ。クラスメイト達の様子を思わず窺《うかが》うと、なんか皆《みな》暴走中の椎名を見て、「（かわえぇなぁ）」みたいな顔をしていた。や、やっぱり妙なクラスだ。

僕は、クラスのルールも忘れ、思わず、椎名に尋《たず》ねてしまう。

「なあ、椎名」

「はい？　なんですか、アキバ君！」

お、おう。なんか急にコイツ僕にフレンドリーになったな。意味が分からん。まあいいや。訊《き》こう。

「椎名はさ……このクラス、楽しいか？」

「え？」

『！』

クラスメイト達に、異様な緊張《きんちょう》が走る。特に、委員長たるリリ姉が、びくんと肩《かた》を震《ふる》わせていた。……ヤツらだって、分かっているんだ。自分達の今の状態が、正常なことではないと。もしかしたら、椎名に迷惑《めいわく》をかけているのかもしれないと。

本当は僕なんか部外者みたいなヤツが踏《ふ》み込《こ》むべきことじゃないのだろう。だけど、一度こうしてちゃんと話してしまったら、もう、訊かずにはいられなかった。

僕は、別に椎名のことが好きなわけではないけれど。

椎名は、やっぱり、僕の、クラスメイトなのだ。

「真冬は……」

椎名は一瞬《いっしゅん》、答えに詰《つ》まっていた。そりゃそうだろう。こんな異常クラス、嫌《きら》っていたって何もおかしく——

「真冬は、このクラスで本を読んだり、ゲームしたりするの、好きですよ」

「…………」

それは、このクラスの評価ではないんじゃないか……と思ったものの、しかし、椎名の笑顔には一点の曇《くも》りもなく、僕は、少しだけ言葉を失ってしまった。正直なところ、「あ、なるほど、これは惚《ほ》れてもおかしくない笑顔だ」とさえ思った。となれば、当然のことながら、うちのクラスメイト達は——

『♪♪♪♪♪♪♪♪♪♪♪♪♪♪♪♪♪♪♪♪♪♪♪♪』

急に全員が鼻唄《はなうた》を口ずさみ始める！　全体が、一気に浮《う》かれていた！

わ、分かりやすいヤツらめ！　椎名はしかし、自分の一挙一動がクラスにそんな影響《えいきょう》を及《およ》ぼしているとは露《つゆ》とも知らない様子で、「あ、でも」と続けてきた。

「時折とても五月蝿《うるさ》いことがあるので、そこは、ちょっと嫌いです」

『…………………………………………………………』

無音だった！　学校にいることを忘れるぐらいの静寂《せいじゃく》だった！　神かっ！　椎名真冬はお前らにとっての神かっ！

僕が呆《あき》れていると、椎名はきょとんと首を傾《かし》げて、逆に僕に質問してきた。

「えと……アキバ君は、このクラスが、嫌いなんですか？」

「え？　そんなの当然——」

とそこまで答えかけて。クラスメイトの誰《だれ》も僕の感想なんて気にしてないように見える

中……前方の席の委員長の背中だけが、妙に小さく見えて。

僕は一つ溜息《ためいき》をついて……そして、椎名の顔を見ずに答える。

「……嫌いかどうかはさておき……楽しいクラスなんじゃ、ねーかな」

「そうですか」

椎名は、こんなどうしようもないクラスのことだというのに、まるで自分が褒《ほ》められたみたいにいい笑顔を見せていた。……なるほど。お前らの気持ちは、少しだけ、理解出来たよ。

椎名が読書に戻《もど》り、クラスメイト達はそんな椎名をそれぞれ愛《め》でながら世間話をする、一年C組の日常に戻っていく。

僕も一人、机に肘《ひじ》をついて、いつものように委員長の背を眺《なが》め……小さく、呟く。

「好きな人が頑張《がんば》ってまとめているクラスを……本気で否定なんか、出来るわけねーよ。なあ、姉さん」

――

そうして、今日も、今は亡き姉への日常報告をしつつ、一日を始める。

一年C組。

そこでは毎日、微妙《びみょう》な距離《きょり》感《かん》のクラスメイト達が、それぞれ奮闘《ふんとう》している。

【秋峰家《あきみねけ》の事情】

姉さんは、ギャルゲーをやったことはあっただろうか？　僕の記憶《きおく》の限りでは、サクッと楽しく遊べる格闘《かくとう》ゲームやアクションゲームぐらいしかやらない人だったと思うんだけど。ただ、妙な友達が本当に多かった人だから、もしかしたら、誰かと遊んだ時に多少触れたことぐらいは、あったかもしれない。

ギャルゲーというものを簡単に、そして乱暴に説明をしてしまえば、男性主人公のモテモテライフを、時に感情移入し、時に傍《はた》からニヤニヤ見守らせて頂くゲームと言える。

僕が敬愛する杉崎先輩《すぎさきせんぱい》ほどでは無いのだけれど、正直に言うと、僕もこの手のゲームが結構好きだ。……アキバというあだ名でギャルゲー好きっていうのはあまりに「そのまま」過ぎてシャクなので、先輩みたいに堂々とは公言してないんだけどさ（でも話にはついていけてしまうから、おかげで今やムッツリ扱《あつか》いだ）。

とにかく、僕はギャルゲーがかなり好きなんだ。毛嫌《けぎら》いする人も多いし、その気持ちも分からないではないんだけど……個人的には、とても偉大《いだい》なジャンルだと思っている。

さて、前置きはここまでにして。

姉さん、ギャルゲーというジャンルにも、いわゆる「王道設定」「フォーマット」っていうのが、ある。っていうかむしろ、他より色濃《いろこ》いぐらいで。

具体的な例をいくつか挙げさせて貰《もら》えば。

・友達以上恋人《こいびと》未満の幼馴染《おさななじ》み
・義理の妹や姉の存在
・女の子との歪《いびつ》な同居生活
・過去のイベントに由来する（結婚《けっこん》の約束とか）、美少女からの無条件の好意

……まあ、実際まだまだ沢山《たくさん》あるんだけど、ざっとこんな感じかな。

ドラマやミステリー小説なんかにも「王道設定」ってのはあるけど、ギャルゲーは良くも悪くも本当にこういうフォーマットを踏襲《とうしゅう》することが多いジャンルで。まー、似たような作品だらけが、世の中には多くひしめいている。

あ、これは、全然否定とかじゃなくて。

つまり、そこまで繰《く》り返《かえ》し使われるということは、それだけ、このフォーマットがプレ

イヤーの……男子の心を摑《つか》んで離《はな》さない、魅力《みりょく》的な要素だということで。

僕だって男子だ。こういう要素には惹《ひ》かれるし、実際そういうゲームを何本も楽しくプレイさせて貰っている。

なんせ、いわばこれは、ギャルゲープレイヤーだけに限らない、男子全体の夢だ。

先日、一年C組の男子でそんな話題が出た時なんか、

「友達以上恋人未満なんて微妙な距離感の状況《じょうきょう》、体験してみてぇー!」

「義理の美少女家族とか……ホント夢だよなぁ」

「女の子と同居とか、俺、悶々《もんもん》しすぎて毎晩ちゃんと眠《ねむ》れる気がしねぇー!」

「クソー! 幼稚園《ようちえん》の頃《ころ》のオレ、なぜフラグ立て忘れたし! くぅ!」

なんて、全員が真剣《しんけん》に想像しては涎《よだれ》を垂らしたぐらいで(単純に我がクラスが変態集団なせいもあるんだけど)。

まあ、つまり、今、なんで、脳内で姉さんにダラダラ、ギャルゲーの話をしているかというと――

《トントン》

金曜夜十一時。唐突《とうとつ》に部屋のドアがノックされ、僕は姉へのレポートを中断し、ベッドから上半身だけ起き上がらせ、「はい」と応じた。

すると……。

お風呂《ふろ》上がりでパジャマで髪《かみ》が濡《ぬ》れていて色っぽくていい匂《にお》いがしてスタイルも良くて実はべらぼうな美人で友達以上だけど恋人未満で姉弟《きょうだい》じゃないけど同居していて更《さら》に僕にだけはなんの警戒《けいかい》心もなくニッコリと微笑《ほほえ》みかけてくれる女性が——

「お風呂、空《あ》いたよ葉露《はろ》君。今日は二人だけだから、次、早く入っちゃってね」

そんな風に声をかけてきてくれて。

「…………」

僕は、一瞬動揺《いっしゅんどうよう》し、正直心臓をバックバック鳴らしつつも、慌《あわ》ててぷいと興味無いように視線を逸《そ》らし、冷静に返した。

「……分かったよ、リリ姉《ねえ》。早めに入るようにする」

「うん、そうしてね。私の残り湯で悪いけど、しっかり肩《かた》まで浸《つ》かって、百数えて、温まるんだよ？　分かった？　葉露君」

「わ、分かってるよ、リリ姉」

「ホントに？……あ、そうだ、折角《せっかく》今夜は二人きりだし、昔みたいに、一緒《いっしょ》に入ってお背中流してあげようか――」

「い、いいからっ！　湯冷めしないうちに、さっさと暖房《だんぼう》かかった部屋に戻って！」

「？　うん、分かったよ。あ、でも、お背中流して欲しかったら言うんだよ？」

そう無邪気《むじゃき》に告げると、リリ姉……一年C組委員長にして僕の好きな人は、とてとてと、部屋に戻っていく。

…………。僕は、思わずベッドに俯《うつぶ》せに倒《たお》れ、枕《まくら》に火照《ほて》った顔を押し込み、心の中の何かがどうしようもなくて、バタバタと足を動かした！

…………。

姉さん、一つ訊《き》いてもいいですか？

この通り、僕、ギャルゲーの如《ごと》く、傍から見て凄《すご》く凄く凄く幸福な環境《かんきょう》っぽいのに……。

「う、うー！」

こんなにも不幸なのは、なぜなんでしょうかっ！

＊

「それもこれも、全部母さんと父さんのせいだ。……なあ、姉さん」

お風呂に肩まで浸かって、律儀《りちぎ》に頭の片隅《かたすみ》では百までカウントしながら呟《つぶや》く。ちなみに、もうクセになっているのでつい今は亡き姉に話しかけてしまっているけど、僕は決してそういうのが見える人でも、また、見えると思い込んでいるアレな人でもない。

「僕とリリ姉は学校があるから家族旅行に連れていけないって……んなの、最初から分かっていたことじゃないか。それで、どうしてそういう計画を練るのか。悪意しか感じない」

そして、僕とリリ姉が、従姉弟《いとこ》同士とはいえ、若い男女だということを完全に忘却《ぼうきゃく》しているとしか思えない。

「っていうか、そもそもリリ姉からして、僕が若い男であることを忘れているんだけどさ」
五十、五十一……と数えつつ、口を湯船に入れて息を吐《は》いたりしながら、呟く。

「ぶくぶく……まったく……ぶくぶく……僕が草食系男子だからいいものの……ぶくぶく……普通《ふつう》の男だったら……ぶくぶく……大変なことに……大変なことに……」

ぶく――

………。

ハロく～ん……ハロく～ん……早く引き返しなさ～い……お～い……ハロく～ん……。

!?

「っ、ぶはぁっ!? あ、あ、危ねぇ――――――――――――！」

考え事しすぎて、肺から酸素出し切ってた！ 軽く姉さんが見えた！ あ、どうも、ご無沙汰《ぶさた》しております！ その節はお世話になりました！ 挨拶《あいさつ》もせず帰って来てしまってすいません！ でも、本当にありがとうございましたっ！

「ふぅ……お、落ち着け、僕。何を焦《あせ》っているんだ。僕は野獣《やじゅう》でもムッツリでもない。れっきとした草食系男子。ど、ど、堂々としていればいいのさ、なあ、姉さん」

〈そうよ、男なら思い切ってリリちゃんを押し倒しなさいな、ハロくん！〉

「いやいや、そういうことじゃ――ってまだ姉さんの声が聞こえるー！ いやぁ――――！」

……ごめんなさい、前言撤回《てっかい》します。僕は、結構、頭がアレな子かもしれません。

幻聴《げんちょう》が治まるのを待ち、動悸《どうき》も緩《ゆる》やかになったところで、もうとっくに百カウント以上入っていたことに気付き、湯船から上がる。頭や体は先に洗っていたので、僕はサッとシャワーを……冷静になるためにあえて冷水シャワーを浴びて、風呂場を出た。

そうして、脱衣《だつい》場でいつものようにバスタオルを掴――

「あれ？」

バスタオルが、無かった。前髪からぽたぽたと、水滴《すいてき》がバスマットに落ちる。まったく。

「母さん、バスタオル無い――」

と、いつものように大きく呼びかけて。失敗に、気付いた。

「あ、ごめーん、葉露君！　今すぐ持ってくねー！」

返って来る、リリ姉の声。し、しまった！　今日はリリ姉しか家にいないことを忘れていた！　僕は「ちょ、ちょっと待って！」と慌てて浴室の方に戻《もど》ると、ドアを閉めて彼女を待った。数秒後、トタトタとリリ姉が小走りでやってきて……なんの躊躇《ためら》いもなく、ノックもなく、脱衣所の扉《とびら》を開く。こ、この無防備女め！　僕が裸《はだか》で脱衣所に居たらどうするつもりだったんだ！

「あ、葉露君、タオル、ここに置いておくね」

「わ、分かった。わざわざごめんね、リリ姉」

浴室から返す。しかし……リリ姉は、なぜか、その場を去らなかった。

「葉露君。ここに、置いておくよ？」

「？　だから、分かったって――」

「こら、葉露君！　駄目《だめ》でしょ！　見てもいないのに、分かったなんて、テキトーに答えたら！」

「ええ!?」

なんか怒《おこ》られた！　た、確かに「ここ」の位置は分かってないけどさ！

「ええと、洗濯機《せんたくき》の上とか、バスタオル掛《か》けとか……でしょ？」

「その通りです。洗濯機の上です。でも葉露君、こういうのは、ちゃんと自分の目でチェックしないと駄目ですよ。信号が青なのを見ても、ちゃんと、車が来てないかを自分の目でも確認する。そういう心がけが、大事なのです」

「わ、分かったから。洗濯機の上にあるんだろう？　もう、出てってくれよ」

め、面倒臭《めんどうくさ》い生真面目《きまじめ》さんめ！　これだから委員長モードのリリ姉は！

「ふ、葉露君、甘いですね。私は確かに今洗濯機の上に置いたと言いました。しかし、本当にそれを信じていいのですか？」

「な、まさか、それこそがワナだと――って、いいよ別に、場所が違《ちが》っても！　なんでこの程度の日常で、いちいち従姉《いとこ》を疑わなきゃならないんだよ！」

「そういう心持ちでいる油断した登場人物から、亡くなっていくのです。さっき金曜ロード○ョーでやってた『13日の金○日』で学びました」

「ジェ○ソンさんからまで学ばなくていいよ！　どんだけ真面目なんだよ！」

「ちなみに『エ○リアン』からは、生命の尊さを学びました」

「相変わらず着眼点が若干《じゃっかん》ズレてますね！」

「とにかくです。私は葉露君のためを思って、言っているのです」

「僕のためを思うなら、スムーズにバスタオルを渡《わた》して出ていってくれないかなっ！」

「いえ、ここは心をぐっと鬼《おに》にして、私は、あえて脱衣場から出ていきません！」

「なんで鬼になったんだよ！　今鬼になる理由が無いよ！」

「では心を蟹《かに》にします。…………。……なんですか蟹って、意味分かりません」

「自分で自分の弱ボケを処理だと!?」

驚異《きょうい》の真面目さだった！

「さて葉露君、私は今のやりとりの間に、バスタオルの位置を変えましたよ」

「なんの嫌《いや》がらせですか!?」

「悔《くや》しければ、バスタオルの位置を当て、その眼でしかと確認なさい。そして、私の屍《しかばね》を、越《こ》えていきなさい！」

「イヤだよ！　脱衣場に従姉の屍を転がすって、どういう風呂上がりだよっ！」

「私が死ぬか、葉露君がお風呂でふやけてしまうかの二択《たく》です」

「よく成立したねその二択！　重みの差がハンパ無いですね！」

「さあさあ、どうするのですか葉露君。早くしないと、私が、毎日楽しみにしている『トレンドた○ご』のコーナーを見逃《みのが》してしまいますよ」

「ワールドビジ○スサテライトがそんなに見たいならやめろよ、この限りなく不毛な嫌がらせ！」

「嫌がらせじゃありません。歪《ゆが》んだ教育です」

「自分で歪み認識してるんだ！」

「あ、葉露君、どうぞ湯船に入りながら話して下さい。そのままだと湯冷めしてしまいますよ」

「あ、うん、そうだね、ありがとう、じゃ、お言葉に甘えて、ちゃぷん——って、そういう気遣《きづか》いが出来るなら、素直にバスタオルを渡したらどうでしょう！」

「♪ふーんふんふん、ふーんふんふんふん、ふーんふんふんふん、フゥッ！♪」

「そんなに『トレ○ま』見たいなら、普通にバスタオル渡せよ！　もうなんなんだよこの状況《じょうきょう》！　誰《だれ》が得するんだよ！」

「争いは不毛だということも、学んでくれたなら、幸いです」

「従姉との同居こそが不毛だということを、僕は学んだよ！」

「そ……そんな……葉露君……私……私、そんな風に思われて……」

リリ姉が唐突《とうとつ》に元気をなくす。僕は風呂に半身だけ浸かりながらも、焦って取《と》り繕《つくろ》った。

「あ、ご、ごめん、リリ姉。あの、今のは、売り言葉に買い言葉っていうか、ほら、僕って普段《ふだん》無気力だけど、それだけに、ついつい流れで、無思考で喋《しゃべ》っちゃうとこあるっていうか――」

「う……うぇ……ふぇぇえええん！　えええええん！　私だって、私だって、那奈《なな》ちゃんに代わって、一生懸命《いっしょうけんめい》、葉露君を立派な『弟さん』に育てようと、頑張《がんば》って……頑張っているのに……うぅ」

「ご、ごめん、本当にごめん、そんなに傷つくなんて思わず……」

そ、そうだよな。僕の悪いクセだ。つい、会話の流れで結構酷《ひど》いツッコミとかをしてしまう。たまに、目上の人にまでやってしまって、失敗するんだ。これは本当に反省――

「ぐす……ふきふき……うぅ……ふきふき……ぐじゅぐじゅ……はくしょん！　あぅ、涎《よだれ》が……ふきふき。あぅ、鼻も……うぅ……ずびぃ………ちーん！……ふぅ」

「ちょっと待てやコラ。リリ姉、今、なにで涙拭《なみだぬぐ》ったり涎拭《ふ》いたり鼻かんだりしている？」

「え？　なにって、バスタオ――」

「…………」

「…………」

「……そぉっとそぉっと……開いて……ぽいっと入れて……ぱたん、と。……よし」

「…………」

「さ、さあ、葉露君！　今、バスタオルは何処《どこ》にあるで――」

「洗濯機の中だよ！　今、大分汚《よご》したから、洗濯機に放り入れやがったよなぁ！」

「ぎくり。……は、葉露君。見てもいないのに、ひ、人を疑っては、いけないんですよ。さっきから、私は、一貫《いっかん》して、そういう主張を、しています」

「だからなんだよ！　っていうかいい加減僕、風呂《ふろ》から上がりたいんだけどっ！　新しいバスタオルを持って来てくれませんかねぇ！」

「それが人にモノを頼《たの》む態度ですか、葉露君」

「それが居候の従姉の態度ですか、リリ姉！」

「まあ落ち着きましょう葉露君。知能ある人間として、冷静になって下さい。私は葉露君に、このままDQNさんと呼ばれてほしくありません」

「もう既《すで》にその台詞《せりふ》が心外すぎる！」

「とにかくです。こうしてお互《たが》い譲《ゆず》らずにいたら、葉露君はふやけた不良さんに、私は『トレたま』を見逃した委員長になってしまいます」

「あんた意外と被害《ひがい》少ないな」

「ここは、お互い、譲歩《じょうほ》すべきです」

「まあ……それは、確かにそうだ」

一応半身浴状態にしているから裸でも寒くはないとはいえ、あんまり長風呂が好きな人間でもないため、そろそろこの状況が辛《つら》い。足の指先の皮膚《ひふ》もふやけはじめている。それになにより、この圧倒的《あっとうてき》な不毛感に耐《た》えられない。どうしようもなく青春を無駄遣《むだづか》いしている感覚が付きまとっている。

リリ姉は「よろしい」と冷静な態度に戻り、提案してきた。

「ではお互いの妥協点《だきょうてん》ということで。まず私は新しいバスタオルを洗濯機の上に置きます」

「ＯＫ」

「そして、その後葉露君はきちんとそれをドアを開けて確認した後、私の教育方針に今後一切疑問を挟《はさ》まない誓《ちか》いを立て、その代わりに私は、『ト○たま』を見ます」

「いやいやいや、妥協点置くとこおかしくね⁉　僕とリリ姉の中間地点どころか、リリ姉の主張の更《さら》に先ぐらいに、妥協点置いたよね⁉　譲るどころか要求付け足したよね⁉」

「葉露君、等価交換《こうかん》の原則は守って頂かないといけません。そうじゃないと、エド君やアルフォ○ス君に申し訳が立たないと思わないのですか」

「思わないよ！　っていうか何も支払《しはら》わず対価を得ようとしているのはリリ姉だよねえ⁉」

「……でも、分かって下さい、葉露君。葉露君的には、バスタオルさえ手に入ればいいはずです。でも私は、バスタオルを置いて去るだけでは、何も得られないのです。私の目的は、結局、『葉露君が立派な弟さんになるよう、教育し、見守る』ことなのですから」

「いや……まあ、それは、そうだけど」

確かに、リリ姉の「妥協点」は難しいかもしれない。僕がバスタオルの位置を確認する……ところを、確認したいのであって。そうなると、僕もある程度は、その意向に沿う必要がある。……仕方ない。

「……分かった。今回は、僕が譲るよ。バスタオルの位置を……浴室のドアを開けて確認すれば、いいんだろう？」

「そうです。まったく……そもそも、何がそんなにイヤなのかが、お姉ちゃんは分かりません」

「だろうね……」

貴女は、僕のことを男として本当に意識していませんもんね……。僕が裸《はだか》を多少なりとも見られるのがイヤだという感情、分かってくれないんだろうね……。

どうしてバスタオル貰《もら》うだけでこんなにやるせない気分にさせられなきゃいけないのかと心の中で嘆《なげ》きつつも、腰《こし》に浴室で使っていたタオルを巻いて一応の防御《ぼうぎょ》をする。

その間にリリ姉はバスタオルを取りに行くと、約二十秒後、脱衣場《だつい》に戻《もど》ってきて、しばし「んー」と悩《なや》みながらウロウロした後、「はい、いいですよ」と告げてきた。

僕は溜息《ためいき》を吐《つ》きながら、ドアを開けずに声をかける。

「その様子だと……洗濯機の上とかバスタオル掛けとかは、避《さ》けたみたいだね」

「ええ。多分、考えても予想はつきませんよ。ですから、ちゃんと見て下さい」

「……はぁ」

仕方ないので、ドアの方に近付く。慎重《しんちょう》に……自分の体が出来るだけ見えないように、数センチだけ開けて、脱衣場を覗《のぞ》いた。

リリ姉が、脱衣場にニコニコして立っている。……素《す》っ裸《ぱだか》で隙間《すきま》から好きな人を覗くっていう状況が、もう、なんか、正直泣きたかった。なにしてんだ僕。

さて、バスタオルはと……。…………。……？　あれ？　無いぞ？　脱衣場は、そんなに広いわけでもないし、しまえる場所だってほぼ無いはずなのに……。

「リリ姉……ちゃんと持って来た？」

「持って来ましたよ」

「洗濯機の中とか、そういうことはしてないよね」

「してないですよ」

「念○力で僕に視認出来ないよう細工しているとか、そういうこともないよね」

「葉露君は私をなんだと思っているのですか。まったく。私は強化系ですよ」

「あ、念能○自体は使えるんだ。でも、それじゃあ……」

そこまで言って、気付く。これは……。

「リリ姉……まさか……」

「気付いたようですね、葉露君。そう……私は、浴室から死角になる、ボイラー装置の方にバスタオルを置きました。確認するには、もっと、ドアを開けなければいけませんよ！」

「く……」

な、なんて女だ！　やっていることは、殆《ほとん》どセクハラだ！

とはいえ、どうしようもない。僕は……恥辱《ちじょく》にまみれながらも、浴室から見て内開きのドアを開き、なんとか首だけ出して確認出来ないものかと試行錯誤《しこうさくご》するも……結局うまくいかず。仕方ないので、覚悟《かくご》して、きちんと隠《かく》すべき所がタオルで隠れていることを確認してから……裸の半身を脱衣所に出して、ボイラーの方を確認した。

「はい……見たよ、リリ姉。ちゃんと、ボイラーの上に、バスタオルがある」

「はい、良く出来ました、葉露君」

リリ姉の方を見る。そこでは、当然のように……残酷《ざんこく》に……。

彼女が、半裸《はんら》の僕を見ても、なんの照れも邪気《じゃき》もなく、心から僕を褒《ほ》めて、笑っていた。

……なんだか急に……恥《は》ずかしさも何もかも、全《すべ》てが、冷めてしまっていた。

「……これで満足ですか、リリ姉」

「はい。じゃあ葉露君、ちゃんと体拭《ふ》いて上がって下さいね。私は、『トレた○』見て寝《ね》ます」

「……はい、おやすみなさい」

「はい、おやすみなさい」

何事も無かった風に去っていくリリ姉の背を見守り……僕は脱衣場へは出ず、もう一度湯船に戻り、顔まで湯に沈《しず》める。

……姉さん。

僕はこれでも、本当に、周囲から思われてるような……幸せなヤツ、なんでしょうか。

＊

「あ、葉露君、遅《おそ》かったね。湯冷めしちゃうから、早く髪乾《かみかわ》かさないと駄目《だめ》だよ。そうだ、私がドライヤーで乾かしてあげようか——」

「いや、いいよ」

リリ姉が、湯上がりの僕にそう提案するのを即座《そくざ》に断り、僕はキッチンまで歩いた。冷蔵庫から牛乳を取り出し、コップに注いで一口であおる。……アルコールは飲んだことが無いけど、こういう時こそ、ビールなんかが飲めたらいいのかもしれないなと思った。

僕の少し苛立《いらだ》った様子に気付くこともなく、リリ姉はわざわざキッチンの方までやってきて、僕に微笑《ほほえ》みかける。

「じゃあ、ホントに私はもう部屋に戻って寝ます。おやすみなさい」

「はいはい、おやすみ」

手をぷらぷらと振《ふ》って、二階にある自分の部屋に戻っていくリリ姉を見送る。そうしてから……僕は、食卓《しょくたく》の前の椅子《いす》に腰掛《こしか》け、バスタオルで頭を乱暴に拭《ぬぐ》いながら、「あー……」と小さく、長く、呻《うめ》き続けた。

そして……言ってはいけないと思いつつも、たまにどうしようもなくて吐《は》き出してしまう愚痴《ぐち》を、漏《も》らす。

「姉さん……なんで…………」

最後の最後の言葉だけは、どうにか、ぐっと、堪《こら》える。それはもう、姉さんが死んだ時から……僕だけじゃなく、家族の誰《だれ》もが……父も母も祖父も祖母も、そして……リリ姉も、ずっと、ずっと、心の中で思っていること。

でもだからこそ……口にしては、いけない、こと。

どうにか「その一言」だけは堪えるも、感情の吐露《とろ》自体は、止まらない。

「姉さんさえ…………。……ナナ姉さえまだ居てくれたら……僕とリリ姉は……僕とリリは……もっと普通《ふつう》に……」

そこまで呟《つぶや》いて、そして、直後には結局いつもの、自己嫌悪《けんお》。分かっているんだ。そんなの、ただの責任転嫁《てんか》だって。僕とリリ姉がこうなってしまっているのは、誰でもない、僕の責任なんだって。だけど……だけど、こんな風に、僕だけがドキドキして、僕だけがテンパって、僕だけが空回りしている……そんな現実をこれだけ目の当たりにすると、どうしたって……。

…………。

そこまで考えて、バチンと、思いっきり、自分の頰《ほお》を叩《たた》く！

「あー、もう、駄目だ駄目だ！　まったく、僕は！　リリ姉が鈍感《どんかん》であういう風なのは今に始まったことじゃないだろ！　しっかりしろ、僕！」

少し無理矢理気味に自分のテンションを上げる。ちょっと前までの僕だったら、このまま落ち込んでしまって、うじうじベッドに潜《もぐ》り込むだけだった。

でも……今は、少しだけ、違《ちが》う。

過去とか現状とか展望とか、そういうの一切を背に、それでも、ちゃんと前を向いて恋《こい》に取り組んでいる、敬愛すべき先輩《せんぱい》の存在を知った……今と、なっては。

「まったく。変態集団のうちのクラスどころか、あの生粋《きっすい》の駄目人間たる椎名《しいな》だって、ちゃんと前向きな恋が出来ているっていうのに！　鈍感女に鈍感な態度を取られただけで、凹《へこ》んでいる場合じゃないだろう、僕！」

そう、皮肉にも、近頃《ちかごろ》の僕を奮い立たせてくれているのは、結局、あのクラスメイト達だったりするのだ。はぁ……つくづく、僕も、未熟《みじゅく》だよなぁ。早く先輩みたいに、強く、割り切れる人間にならないと。

さて。

僕は牛乳とコップをてきぱきと片付けると、キッパリ気分を変えて、リリ姉と同じく二階にある自分の部屋に戻っていく。

——と、その途中《とちゅう》で、なぜか自分の部屋から出て来たリリ姉とばったり出くわした。

「あれ？　リリ姉、寝るんじゃなかったの？」

訊《たず》ねると、リリ姉は「そう思ったのですが」と困った顔で告げる。

「今日は夕方に一時間ほどお昼寝をしてしまったのを、忘れていました」

「ああ、それで寝られないとか？」

「いいえ、寝られないことはないです。でも『規則正しくない』気がするので、ちょっと眠《ねむ》いですが、今日は一時まで起きていることにしたのです」

「あそう」

相変わらず真面目《まじめ》なんだか神経質なんだかボケているのか分からない性格だ。「じゃ、頑張《がんば》って」と告げて僕は僕で部屋に戻ろうとすると、彼女は「あ、葉露君」と呼び止めてきた。

「一時まで……葉露君の部屋に行っていいかな？」

「…………」

「葉露君？　どうしました、急に壁《かべ》に、お猿《さる》さんがやる『反省』みたいな体勢で寄りかかって……」

「……いや、なんでもないです。どうぞ、僕の部屋へ」

項垂《うなだ》れたまま、脇《わき》にある自分の部屋のノブを回し、開けて、電気だけつけて、リリ姉を促《うなが》す。

「あ、いいんだ。わーい、久しぶりだな、葉露君のお部屋」

そう言って、なんの抵抗《ていこう》もなく僕の部屋に飛び込んでいくリリ姉。僕はと言えば、それを追うこともなく、ただただ壁に頭をあずけていた。そうしている間にも、室内から聞こえてくる、リリ姉の声。

「お邪魔《じゃま》しまーす。あ、ベッド座っちゃおうっと。よいしょと……ふぅ、相変わらず葉露君のベッド気持ちいいなっ。葉露君の匂《にお》いするし……えい！　ごろごろぉーっと」

「…………」

……………。

姉さん、これは一体、なんの罰《ばつ》なのでしょうかっ！　あんた天国から絶対なんかしているだろう!?　なぁ!?　そうなんだよなぁ!?

*

「それにしても葉露君、どうしたの？　部屋に入ってくるまで随分《ずいぶん》時間かかったけど……」

「いや……なんでもないです」

リリ姉がベッドに腰掛ける中、僕は勉強机の前の椅子に座り、応じる。一度リリ姉に「うん？　横座ったら？」とベッドの方を促されるも、それは丁重《ていちょう》に断らせて頂いた。理由は……察してほしい。

「それにしても、葉露君の部屋は色々なものがあるよね。流石《さすが》オタクさん」

「うん、若干《じゃっかん》気になる評価だけど、まあ、リリ姉に比べたらね……」

リリ姉の部屋はと言えば、何も無いとまでは言わないが、勉強家な上にこれといった趣《しゅ》味《み》もないため、こざっぱりとしたものだ。それに比べれば、そこそこ片付いているとはいえ、漫画《まんが》やらゲームやらのある僕の部屋は彼女から見て「色々ある」のかもしれない。僕個人としては、男子の平均か、それよりちょっと上ぐらいなもんだと思っているけど。

リリ姉がいつまでも部屋を物珍《ものめずら》しげに見ているので、僕は気恥《きは》ずかしさもあって、不満の声をあげる。

「勉強の妨《さまた》げになるから、全部没収《ぼっしゅう》とか言い出さないでくれよ」

その言葉に、リリ姉は「失礼な」とぷくっと頰《ほお》を膨《ふく》らませた。

「私だってそれぐらいの理解はあります。没収なんかしませんよ」

「まあ、そうだよね」

「検閲《けんえつ》はしますけどね」

「それもやめてくれるかな」

「冗談《じょうだん》です」

くすくすと笑うリリ姉に、思わず見とれてしまう。うぅ……惚《ほ》れた側はホント弱いなぁ。中身の残念さは重々承知しているのに、それでも、ドキドキしてしまう。しかしその一方で、こういう感情を抱《いだ》く度《たび》に、「でもリリ姉の方はなんとも思ってないんだもんなぁ」と凹んでもしまうわけで。……はぁ。

…………。

……い、いや、そうだ。ここでいっつもこうやって、勝手に自分の中で完結させて落ち込んでしまうから、いけないいんだ。

こんな微妙《びみょう》な関係になって早三年。中学の頃《ころ》の僕は、「い、今はまだ早いよな、うん。こ、高校生になったら、ちゃんと、前に進もう！」とか思っていたし。だというのに、高校一年になってもう約半年。結局、僕は何もしていないわけで。

うちのクラスのアホ共でさえ、恋が出来ているのに。

隣《となり》の席の残念オタク女子さえ、好きな人と喋《しゃべ》っているのに。

……複数の女子が好きだなんてことを、堂々と言える人だって、いるというのに。

…………。

「？　葉露君どうかしましたか？　急に黙《だま》って」

上目遣《うわめづか》いに……そして心配げに僕を見つめる彼女に、いい加減、くらっと来る。

……よ、よし！　い、いこう！　なんていうか、いこう！　押《お》し倒《たお》すとかじゃなくても、こう、前へ前への精神で、頑張ってみよう！　二人きりで、自分の部屋で、家族が誰も居なくて、深夜で……こんなチャンスを逃《のが》して、次、いつ攻《せ》める機会があるというのか！

僕は、ムッツリとは言われても、ヘタレとだけは言われてたまるか！

よぉし！　踏《ふ》み込もう！　リリ姉に、一歩、踏み込んでみよう！　いくぞ！

「り、リリ姉！」

「わ。ど、どうしました？　葉露君、声のボリューム間違《まちが》ってませんか？」

「リリ姉！　り、リリ姉は……」

ど、どうしよう。踏み込むとは言っても、どういう話題から行けばいいんだ。流石に、いきなり告白はあんまりだ。あくまで、踏み込むのは、一歩。だから……うーん、普段《ふだん》は、リリ姉と話すことのない話題なんかを……。

あ！　よし、これだ！

「リリ姉は、好きな男子とか、いるの……か？」

「へ？」

よし、踏み込んだ！　踏み込んだぞ！　や、やったぞ僕！　こんな話題、普段全然しないもんな！

さて、リリ姉に男っ気が無いのは僕がよぉく知っている。当然返って来る言葉は「いないですよ」とか「そんなこと考えたこともないです」とか……上手くいけば、「勿論《もちろん》葉露君だよ」（従弟《いとこ》・弟としてという意味ではあるだろうが）なんて答えが返ってきて。そう来たら、僕はそこで、「男としては？」なんて返してみて。それによって、リリ姉がドキッとしたような反応なんかしてくれちゃった日には、もう、これはこれは――

「あ、善樹《よしき》先輩でしょうか」


「そうかそうかそうだよね！　でもそれは男として――。…………。……え？」

あれ？　なんか想定と大分違う答え来なかった？　あれ？　あれれ？

僕が混乱している間にも、リリ姉は、胸の前で手を組んで、にこやかに語る。

「そう、とても男性として素敵な方ですよ、中目黒《なかめぐろ》善樹先輩。私はあまり男子の友達が多くないし、それほど興味を持ったことも無かったですけど、あの方のことだけは、とても気になっているし、尊敬もしているんです」

「え……え？　え？　いや……あの……え？」

なにを言われているのかよく分からず、頭の上に「？」マークを浮《う》かべまくる。そうこうしている間にも、リリ姉の「善樹先輩語り」は続く。

「あ、まだ本にはなっていないのかな？　ほら、生徒会さんが小説を書いて本にしたりしていたでしょう？　あれの、外伝の原稿《げんこう》を見せて頂く機会があってね。それにとても感銘《かんめい》を受けたんです」

「は、はぁ。中目黒善樹先輩って……ええと、確か、ちょっと前に転校してきた、なんか女の子みたいな感じの先輩……だったっ……け？」

なんか、杉崎先輩と仲良い人……じゃなかったっけ？　あまり印象は無いけど。

「そう。カッコイイし、可愛いし、努力家さんだし、なにより、いい人なんですよ、善樹先輩」

「……はぁ。あの、さっきから気になっているんだけど、どうして名前で……」

「え、善樹先輩がそう呼べって言いましたから」

「なんか親密そう!?」

あれ!?　なに!?　え、どういうこと!?　リリ姉と中目黒先輩に接点あるなんて、聞いたこともなかったぞ!?

僕が完全にぐるぐる混乱していると、リリ姉は「ふわぁ」と眠たそうに欠伸《あくび》をした。

「ん……まだ一時じゃないですけど、ちょっと眠いです。……よし。じゃあ私、眠るのは一時にするとしても、自分の部屋でベッドに入っておきます。おやすみなさい」

「ああ、おやすみなさい……って、ちょ、ちょっと待って！」

慌《あわ》てて制止するも、どうも眠たいリリ姉の耳には届かなかったようで、僕のベッドから立ち上がると彼女は目をこすりながら歩き出す。

「善樹先輩の話は……また今度しましょう。そうそう、椎名さんも詳《くわ》しいんですよ。……ふふっ、素敵な男性ですからね」

「素敵な男性⁉」

リリ姉が……リリ姉が、本気だぁあああ⁉　えぇ⁉　なにこれ⁉

「では、またあしたです。おやすみなさい」

「あ……ぅ、おやすみ……なさい」

リリ姉は、僕の部屋の前でぺこりと頭を下げると、素足で廊下《ろうか》をぺたぺた歩いて自分の部屋に帰っていってしまった。

僕はと言えば。

一人。

呆然《ぼうぜん》としたまま、数十秒立ち尽《つ》くし。

そうして、まずはドアを閉め、それから、ふらふらと、ベッドに倒れ込むと。

枕《まくら》に、顔を、思いっきり押し付けて。

そして。

声を殺した状態で、全力で、叫《さけ》ぶ！

「(はあああぁぁぁあああああああああああああああああああああああああああああ!?)」

一歩前へ進むどころか、踏み出したら溝《みぞ》にはまって足を捻挫《ねんざ》したみたいな結果でしたよ、姉さん！　なんだこれ！　なんですか、これ！

〈うん、まあ、頑張《がんば》れや弟よ。……ぷぷぷ〉

「(うっさい!)」

幻聴《げんちょう》(もしくは幽霊《ゆうれい》)相手にまでブチ切れる。泥沼《どろぬま》も泥沼だった。

一年C組。

そのクラスに在籍《ざいせき》する者の好意は、見事なほどに全員、空回《からまわ》りしている。

【僕《ぼく》らの私情】

姉さん、今更《いまさら》だけど僕はミステリー小説が好きだ。元々は、知っての通り姉さんの持っていた小説を暇潰《ひまつぶ》しに読み出したのがキッカケだったけど、今でも自分で月イチぐらいでは購入《こうにゅう》し、読んでいたりする。

で、ミステリー作品にはよく「名探偵《めいたんてい》」っていうのが出てくるよね。いや……今の作品はもう、まんま「名探偵」を名乗る人物はあんまり出て来ないか。とにもかくにも、まあ少なくとも根強く「探偵」は出てくるわけで。

僕がミステリー小説を好む理由の大きな部分が、この、「探偵」という職業にあるんだと思う。あんまり改めて分析《ぶんせき》したことはないけど、でも「刑事《けいじ》」とか「頭脳明晰《めいせき》高校生」みたいなのよりは、やっぱり「探偵」という職業に、ぐっと来るものがあるんだ。

そこはかとない「無法者感」が、いいのだと思う。

刑事は、型破りだとしても、結局組織で、公務員で、ちゃんとお給料貰《もら》っていて……みたいなイメージがどうしてもあって。

頭脳明晰高校生なんかも、同年代だから多少感情移入は出来るのだけれど、それでも、やっぱりこういうのは「大人」が書いているせいなのか、どうにも、口調やら行動やらに同世代とは思えないレベルの達観があったりして、なんか、違和感《いわかん》があるんだ。

そこにくると、「探偵」は、確かな後ろ盾《うしろだて》もない一匹狼《いっぴきおおかみ》で（イメージ）、明日《あす》食べるのにも困っていて（イメージ）、なのに大事なところで人助けをするヤツで（イメージ）、それが故《ゆえ》にうまくいってなくて（イメージ）、だからハードボイルドでありつつも、妙《みょう》に人間臭《くさ》くて（イメージ）。

……うん、まあ、つまりは、単純に僕が「探偵」というものを大好きだという話で。


「おー、ハロちん、やほー。急に探偵ごっこしようだなんて、どうしたにゃ？　あまりに斬新《ざんしん》な呼び出しに、思わず五分で駆《か》けつけてしまったにゃ」

日曜日。秋峰《あきみね》家からバスで二十分、碧陽《へきよう》学園からは少しだけ離《はな》れた街中の駅前で、僕は巽《たつみ》を迎《むか》えた。

「うむ、巽、よく来てくれた。では、始めようか——探偵を」

「ハロちんハロちん、妙にライトノベルっぽい言い方をしてくれたところ悪いんだけど、ちーちゃん、現状がよく理解出来てないにゃ」

「ふ……それぐらい、探偵たるもの、推理したらどうかね巽くん」

「え、そうだにゃぁ……。……うーん……」

「分からないかね。いいだろう、改めて説明してや――」

「あ、いいんちょと中目黒善樹《なかめぐろよしき》氏がデートするから尾行《びこう》しようとか、そういう話かにゃ？」

「…………」

無表情で遠くを見る。……ふぅ。

そうしていると、頼《たの》んでもいないのに、巽が推理の根拠《こんきょ》を話し出した。

「うーんとにゃ、ハロちんがわざわざちーちゃんを呼び出すという状況《じょうきょう》の特異性、過保護のいいんちょと一緒《いっしょ》じゃないところ、探偵ごっこにゃんていう『らしくない』設定、そこに加え地元民は普段使わない駅前待ち合わせということを考慮《こうりょ》すると……自然と、いいんちょに関することで、なおかつ地元民じゃない転校生の関与《かんよ》も認められ、更《さら》には探偵ごっこという若干《じゃっかん》『ひねくれた』呼び出し方を鑑《かんが》みて――」

「もういいよ！　畜生《ちくしょう》！　この天才娘《むすめ》めっ！　探偵学園にでも行ってしまえ！」

僕は殆《ほとん》ど涙目《なみだめ》で叫んでいた。巽は何が楽しいのか、「にゃはは」と無邪気《むじゃき》に笑う。く、くぅ、やはり人選を間違《まちが》えたか！　しかし――

「あ、ちなみにちーちゃんを誘《さそ》ったのは、尾行がバレた時のフォローがしやすそうにゃのと、それでいて空気を読むときは読んでくれそうだと踏《ふ》んでくれたからだにゃ？」

「め……名探偵うぜぇえええええええええ！」

というわけで、姉さん、僕、この数分で名探偵を嫌《きら》いになりましたよ。

＊

「にゃるほど、状況は理解したにゃ。ほぼ推理どおり、いいんちょと、転校生の中目黒善樹氏……略してナカヨシ先輩がデートすることを知ったハロちん（童貞《どうてい》）が、探偵ごっこと称《しょう》して……更にちーちゃんを誘うことで罪悪感を紛《まぎ》らわせ、悪質ストーカーばりに尾行してやろうという、企画《きかく》なんだにゃ？」

「お前実は僕のこと嫌いだろう！　そして童貞は余計だっ！」

合流から二分後。改めてきちんと説明をしたところ、巽は相変わらずの辛辣《しんらつ》な真実を告げてきた。

僕の激昂《げっこう》に、巽は笑顔で「とんでもないにゃ！」と否定する。

「こんな楽しげなイベントに誘ってくれて、ハロちんにはとても感謝しているにゃ」

「まあ……巽ならそうノってくれそうだとは、思ったけどさ」

「その狙《ねら》いは当たりだわさ。ちーちゃんは今、うっかり、語尾に『にゃ』をつけてうざい萌《も》えキャラを演じるのも忘れてしまうぐらい、ノってるだわさ」

「うん、大丈夫《だいじょうぶ》、その語尾も大分うざい」

この天才娘は常にキャラを作っている。そういう意味じゃ、『にゃ』をつけているのが巽というよりは、「あざといのが巽」として、一年C組では受け入れられており。……とはいえ、じゃあ素の巽ってどんななのかと訊《き》かれると、実は誰《だれ》も答えられないんだけど。

巽は「ふむふむ」と顎《あご》を撫《な》でた。

「……でも、ハロちんがこういう行動に出るのは意外だにゃ」

「まあ……そうかもしれないな」

普段《ふだん》だったら、僕はこんな……まるで変態集団の一年C組みたいなことは絶対しない。

それが今回に限って動いたのは、先日の……リリ姉《ねえ》と二人で過ごした夜のことがあったからである。前に進もうとした矢先の、落とし穴。それによって行き場を失ったエネルギーが、今回疼《うず》いてしまったのだ。

とはいえ、そんなことは巽に説明出来ない。黙《だま》っていると、巽はニヤァと笑った。

「うんうん、ハロちんも大分うちのクラスに染まってきたねぇ」

「そういう言い方はよして貰おうか。僕は断じてお前等《ら》とは違う。……さて、巽、そろそろ委員長と中目黒先輩の待ち合わせの時間だ。僕が事前に探しておいた潜伏《せんぷく》ポイントに隠《かく》れるぞ！　急げ！」

僕は極めて手際よく移動を開始し、巽を呼ぶ。巽は、なぜか呆《あき》れた顔をしていた。

「ハロちんの一番面白いところは、自分の変態性を認識してないことだにゃ……」

「なにを言っているんだ巽。碧陽学園で僕ほどの常識人はそういないぞ」

そう言いながら、潜伏ポイントたる駅ビルの陰《かげ》に潜《ひそ》み、リリ姉が乗ってくるであろうバスが到着《とうちゃく》するロータリーの方へと、双眼鏡《そうがんきょう》を構えた。僕の傍《そば》に寄《よ》り添《そ》った巽が、「にゃぁ」と猫《ねこ》みたいな溜息《ためいき》を漏《も》らす。

「ハロちんはあまりに面白すぎて、ちーちゃん、惚《ほ》れそうだにゃ」

「僕の行為《こうい》もアレだが、お前の嗜好《しこう》もどうかと思う」

「似た者同士だにゃ♪」

「断じて認めない！」

——と、巽と揉《も》めているうちに、リリ姉の乗ったバスが到着した。ちなみに僕は、彼女の一本前のバスで来ておいた。うちの方面から駅前へは三十分おきに出ているから、準備時間は充分《じゅうぶん》だ。

「お、あっちから来るのは、転校生じゃないかにゃ？」

巽がそう言うので、双眼鏡を街の方へと向ける。二〜三度校内で見かけたぐらいだから若干心許《こころもと》ないが、確かに、中目黒先輩《せんぱい》のようだった。杉崎《すぎさき》先輩ほど目立つわけではないが、あの女性顔というか美少年ぶりは、なかなかに個性的だ。

「リリ姉の好みが、ああいうタイプだったなんて……」

僕の独り言に、巽が「んー」と唸《うな》る。

「まあ分からないじゃないにゃ。いいんちょは、コタローとか杉崎先輩みたいなタイプよりは、真面目《まじめ》で大人しいタイプが好きそうだにゃ」

「むぅ……僕だって草食系なのに」

「いや、ハロちん、残念ながらそう思っているのはハロちんだけにゃ。ハロちんは、自分で思っているより、色んな意味でギラついているにゃ」

「お……リリ姉、バス降りた。…………」

「同居している従姉《いとこ》にそんな熱い眼差《まなざ》しを向ける子は、草食系というより、ある意味『断食系男子』だにゃ」

反論しようかと思ったが、確かに、そうかもしれない。自発的に断食しているんじゃなくて、断食を強《し》いられているというのが、悲しいところだけど。

巽と二人、リリ姉と中目黒先輩の様子を見守る。二人はオブジェ（謎《なぞ》の豚《ぶた》銅像）の前で落ち合い、なにやら微笑《ほほえ》みながら話し始めた。

「『先輩は、綾波《あやなみ》レ○とア○カ、どっち派ですか？』『うーん、ボクはカヲ○君派かな』」

「うるさいぞ巽。いい加減な会話つけるな」

確かに中目黒先輩はカ○ル君派っぽいから困るが。

そのまま見ていると、二人は連れだって歩き出した。尾行しなければいけないが、このまま出るとまだ距離《きょり》が近すぎるため、もう少し待って——

「って、おい、巽！」

「にゃ？」

僕の指示を待たず、巽は駅ビルの陰から出ていってしまっていた！　僕は慌《あわ》てて彼女を追い、手を引いて連れ戻《もど》す！　唐突《とうとつ》な声や足音を立ててしまったため、リリ姉が一瞬《いっしゅん》こちらを振《ふ》り向《む》きかけているのを見たが、構わず、とにかく巽を陰に連れ戻す！

「にゃあ、ハロちん、そんな無理矢理壁《かべ》に押し付けて、強引だにゃ。ちーちゃん、心の準備が出来てないにゃ。一秒待ってにゃ。よし出来たにゃ」

「準備早っ！……じゃない！　静かにしろ！　声を潜めて！」

「ごめんにゃ、こう見えて初めてだから、声を出さない自信はないにゃ……」

「お前状況分かっててからかっているだろう！　くっそ……」

愚痴《ぐち》りながら、そぉっと、リリ姉達の様子を見る。二人は……こちらに背を向けて、歩き出していた。ホッと胸をなで下ろし、ビルの陰に戻る。すると、巽はポッと頬《ほお》を赤らめていた。

「優しくしてにゃ。そしてお金をくれにゃ」

「そんな恥《は》じらい方あるかっ！　っていうか、お前、どういうつもりだ！」

「にゃはは、ごめんごめんにゃ。主犯じゃないから、ハロちんほど危機感なかったにゃ。気持ち、ストーカー……じゃなくて、探偵《たんてい》に切《き》り替《か》わってなかったにゃ。これからは、ちゃんとやるにゃ」

「まったく……ホント人選間違ったな……」

頭を掻《か》いて、天を仰《あお》ぐ。あー……よく晴れてんなぁ。…………。……正直、色んな意味で「僕、何やってるんだろう」感が漂《ただよ》ってきていたが、そういうのは、あえて無視する。

「よっしゃ、じゃ、張り切って尾行するぞー！」

「おー！」

こうして、僕らの探偵ごっこ……と言い張ったストーカー行為は、幕を開けた。

＊

「意外と歩くなぁ」

二人の背を隠れながら追いつつ呟《つぶや》く。巽がそれに応じた。

「ナカヨシ先輩は転校生だからにゃ。目的地の近くじゃなくて、分かりやすい駅前を集合場所にしたことで、歩く距離は多くなったんだろうにゃ」

にゃーにゃー言っているくせに鋭《するど》いヤツめ。

「お前はホント、なんで頭いいんだろうなぁ」

「ハロちんは失礼だにゃ」

「あ、すまない。そうだよな。お前だって、こう見えて、意外と家で努力とかしているんだろうな」

「そうだにゃ。ちーちゃんは日夜、人のからかい方の研究に余念がないにゃ！」

「……お前はホント、なんで頭いいんだろうなぁ」

人の世は不公平だなと、心から思いました。

しかし、それにしても、尾行は意外と退屈《たいくつ》だった。二人がどこかの店なりなんなりに入ってくれればいいんだが、それもないから、ただ歩くだけ。

そんな状況なので、ついついボーッとしてしまっていた。

先を歩く二人が道の角を折れたところで。今までがそうだったという理由だけで、人がいないと勝手に決めつけ、なんの躊躇《ちゅうちょ》もなく、塀《へい》の陰へと――

「ひゃっ」「ん？」

「おわっ」

踏《ふ》み込もうとして、誰かにぶつかってしまった。しかも二人。まさかそんな位置に歩行者がいるなんて思ってもみなかったため、慌てて離《はな》れて、頭を下げる。

「す、すいません！」

「あ、いえ、こちらこそすいませんです！　こんなところで止まってて……」

頭を下げて謝る……も、ふと、その声に聞き覚えがあることに気付いた。と同時ぐらいに、背後から「あれぇ？　マフー？」と、巽の素《す》っ頓狂《とんきょう》な声。ハッとして顔を上げると、そこには……。

「あ、れ？　椎名《しいな》？」

私服姿の椎名が、そこに居た。僕の声に彼女も顔を上げて、目を丸くする。

「ふぇ？……わ、アキバ君です。チートさんも。どうしたんですか？　びっくりです」

「それはこっちの台詞《せりふ》だよ。椎名、なんでこんな所に――」

と言いかけたところで。椎名の隣《となり》に居る人物の方から少し刺々《とげとげ》しい視線を感じて、そちらを見る。すると、そこに居たのは……。

「す、杉崎先輩」

「？　あれ？……ごめん、知り合いだったっけ？」

「あ、いえ……」

驚《おどろ》いて一歩引いてしまう。こちらにやってきた巽は、「おー、これはこれは」と妙《みよう》に楽しそうだ。僕はと言えば……らしくなくテンパっていた。椎名はさておき、杉崎先輩のことは小説を読んだりして勝手に敬愛している……いわば「ファン」みたいなものなのだ。

わ、わぁ、やばい、緊張《きんちよう》するよ姉さん！　校内でも何度かは当然見かけていたのだけれど、やっぱり小説の方でよく知ってしまっていて、まるで漫画《まんが》のキャラに出会ったみたいな変な感じなんだ。あ、汗《あせ》が出てくる。どうしよう。サイン貰《もら》おうかな。……いやいや、まずは挨拶《あいさつ》だよね、うん。

「あ、あの、は、初めまして、えと、秋峰葉露《はろ》と言います。……あ、椎名さんの、クラスメイトです」

「ああ、そうなんだ。へー……」

う、なんだ？　なんでさっきから先輩の視線が刺々しいんだ？　意味が分からず椎名に視線で助けを求める。しかし、あんまりよく伝わらなかったようだ。

「？　アキバ君、どうかしましたか？」

「あ。いや、ちょっと……」

と、椎名を少し連れだそうという素振《そぶ》りを見せると、更《さら》に、先輩がギロリと僕を睨《にら》んできてしまった。……あ、あー、成程《なるほど》！　そういうことか！　そうだそうだ、ハーレムとか言っているから忘れてたけど、この人、椎名と相思相愛みたいなもんだった！

理由が分かったので、慌てつつも、ニッコリ笑って取《と》り繕《つくろ》う。

「あ、大丈夫《だいじょうぶ》ですよ！　僕が好きなのは、椎名じゃなくて、むしろ先輩ですから！」

「え。……え、え、えぇ!?」

「あ、アキバ君……なんて大胆《だいたん》な！　これは、嵐《あらし》の予感です！　むっふぅー！」

「ハロちんは、ホント、面白いにゃあ」

？？？　なんだなんだ、皆《みんな》が急に色めき立ってしまったぞ。な、なんか誤解されたのかな……って、そうだ尾行《びこう》の途中《とちゅう》だった！　やばい！　リリ姉見失う！

「先輩すいません！　椎名もごめん！　僕達、今ちょっと急がないといけなくて――」

そう言いながら、角を曲がり、二人を捜《さが》す！……いた！　危なかったけど、まだ背中が見える！　僕は巽を促《うなが》すと、先に歩を進めた。そうして、振り返って二人に別れを告げようと――

「あ、そうだよ真冬《まふゆ》ちゃん！　やべぇじゃん、このままじゃ中目黒見失うぞ！」

「そうでした！　あ、すいません、二人とも、真冬達も今急いで――」

「え？」

「ふぇ？」

「ん？」

全員で、同じ方向に……同じ目標を見定めて歩き出そうとして、お互《たが》い目を見合わせる。

「おやおや……これはこれは」

そんな中、巽だけが、全《すべ》て理解していると言わんばかりに、ニヤニヤと笑っていた。

＊

「あー、つまり……」

依然《いぜん》として尾行を継続《けいぞく》しつつも、杉崎先輩が頭を掻きながら面倒《めんどう》そうにまとめる。

「キミ……秋峰葉露君だっけ？　キミは、真冬ちゃんのクラスメイトで、更に、あの中目黒とデートするっていう俺にとっての女神、救世主、奇跡《きせき》の存在であるところの、国立《くにたち》凜々嬢《りりじょう》その人の、従弟《いとこ》だと」

「そうですそうです」

わー、憧《あこが》れの杉崎先輩が喋《しゃべ》ってくれているよ。緊張するなぁ。でも嬉《うれ》しいなぁ。ただ気になるのは、そういう僕を妙に椎名がキラキラ見ていることとか。椎名がそんな風だから、彼女のことを好きな杉崎先輩は、やっぱりどこかで僕に刺々しいのも気になる。

「えと……それで、なんだっけ。そうそう、そっちの美少女、巽さんもクラスメイトで、キミとは休日に一緒《いっしょ》に出かけるぐらい仲良くて……真冬ちゃんの隣の席で……更には、例の従姉《いとこ》委員長属性美少女……国立さんとも、同居中と」

「そうですそうです」

「……………軽く首絞《し》めていいか？」

「ええ⁉」

なんか僕めっちゃ先輩に嫌《きら》われている⁉　気付けば、すんごい形相《ぎょうそう》で顔を近づけられていた。唯一《ゆいいつ》の橋渡《はしわた》し役《やく》であるところの椎名に助けを求めようとするも、彼女は「ひゃあ、先輩とアキバ君、急接近です！　真冬は今……最高に燃えています！」と相変わらず頭がアレなご様子だし、その上、僕が椎名と少し仲良さげな素振りを見せると先輩がヒートアップしてしまうわで……なかなかの、泥沼《どろぬま》だった。

流石《さすが》に見かねたのか、意外にも巽が助け船を出してくれる。

「まあまあ、落ち着くにゃ。杉崎先輩も」

「あ、ああ。……美少女の巽さんにそう言われたら、聞かないわけにはいかないな」

「ありがとにゃ」

「いえいえ、俺は常に美少女の味方ですから。巽さん、これを機会に今後ともこの杉崎鍵《けん》をよろしくお願い致《いた》します」

　態度を一気に反転、腰《こし》から体を折り曲げてぺこりと頭を下げる杉崎先輩。僕はそんな先輩の姿に……。

「か、かっこいいなぁ……」

　感銘《かんめい》を受けていた！　うっとり呟いていると、椎名が妙なことを言ってくる。

「先輩のこの姿をそう見られるって、アキバ君、相当な才能がありますね……」

「ん？　なんだって、椎名」

「いいえ。意外なところから、中目黒先輩に勝《まさ》るとも劣《おと》らない逸材《いつざい》が現れたなと、真冬、わくわくしているだけです」

「あそう」

　相変わらず椎名は気持ち悪いな。なに考えているかわからん。……って、また杉崎先輩が僕を睨んでいる！　あ、あんまり椎名と喋るのはやめよう、うん。

巽が一人「にゃははー」と楽しそうに笑う。

「やっぱり生徒会役員さんは面白いにゃ！　流石だにゃ！」

「お、おお？　初対面の同年代女子に好意的に見られたのって、俺、何年ぶりだろう……」

杉崎先輩が謎《なぞ》の感動に涙《なみだ》を流していた。巽は更に続ける。

「こんなに喜んで貰えると、ちーちゃんも嬉しいにゃ。スギスギ先輩、よろしくにゃ！」

「おう！　スギスギ先輩は、もう巽さん……いや千歳《ちとせ》ちゃんの頼《たよ》れるお兄さんさ！　今後はどーんと頼りなさい！」

「よ、カッコイイにゃ、スギスギ先輩！」

「いやいや、千歳ちゃんこそ可愛いよ！　よ、天才美少女！」

「にゃははは、照れるにゃあ」

「うえへへ、俺も照れるなぁ」

す、すげぇ！　この人、巽のテンションについていっているよ！　ツッコマないよ！

「ぼ、僕とは器が違《ちが》うっ！」

「いや、アキバ君。先輩をそんな好意的に見られるアキバ君も、なかなかの器ですよ」

「む……普段《ふだん》は男嫌《おとこぎら》いの真冬ちゃんに褒《ほ》められるだと……。この後輩《こうはい》、やはり侮《あなど》れないな……」

「むふふ。このまま、スギスギ先輩争奪戦《そうだつせん》に参加するのも、また一興かもにゃぁ……」

そうして、『碧陽ストーカーズ』全員が完全に尾行を忘れ、それぞれの思惑《おもわく》に夢中になっていた矢先だった。

「おわっ⁉」「ちょ、なによ！」

『？』

二度あることは三度ある。僕らは、またも通行人にぶつかってしまった。全員で一斉《いっせい》に、謝る。

『すいませんっ』

「あ、いや、オレらも悪いし、そんな、いいんですよ――」

「ちょっと、どこに目をつけて歩いているのよ！　二つで足りないなら、邪気眼《じゃきがん》でもなんでも追加しなさい、全く！」

――と、ぶつかった二名のうち、男性の方は穏和《おんわ》そうに許してくれたのだが、もう一人の……なんかサングラスをかけた怪《あや》しい女性が激昂《げっこう》してしまっていた。それに、基本気の弱い僕や椎名は更に頭を下げ――

「――って、おい、守《まもる》と巡《めぐる》じゃないか。お前ら、なにしてんだ？」

ようとした所で。杉崎先輩が、妙に親しげに二人に近付いていった。

「マモル」や「メグル」と呼ばれた二人が、慌《あわ》てた様子で先輩に応じる。

「杉崎⁉ お前、こんなところでどうしたんだ⁉」

「そ、そうよ！ なんでアンタがここに──」

女性の方が、動揺《どうよう》しながらもサングラスを外す。その顔を見て……僕は、「あ」と声を漏《も》らした。

「星野《ほしの》巡……さん？」

「ん？ 誰《だれ》よアンタ、私のファン？」

「いえ、全く」

「……ほぉ」

なんか彼女の額に血管が浮《う》かんでしまった！ ど、どうしろと！

「あ、あの、僕らは、その、碧陽学園の後輩でして……」

「うちの学校の？ ああ……確かによく見れば、そっちは、生徒会役員の……」

「あ、はい、椎名真冬です。先輩や中目黒先輩のクラスメイトさんですよね。よ、よろしくお願いしますです」

視線を向けられ、椎名は少し緊張した様子で頭を下げる。対照的に、星野先輩はどこか値踏《ねぶ》みするように椎名を眺《なが》めていた。うーん……テレビで見る通り、不遜《ふそん》な態度の人だなぁ。……ん？　星野先輩？　あれ？　あれって芸名だとか聞いた覚えが……。……あー、じゃあ、とりあえず、巡先輩って言っておけば間違《まちが》いないかな。

そんなことを考えていると、なにか察してくれたのか、巡先輩の隣《となり》に居た男性が「自己紹介《しょうかい》は善樹を追いながらしようぜ」と提案してきてくれた。そうだ。また、危うくリリ姉を見失うところだった。

全員が少し混乱気味ではあるものの、どうやら目的は共通しているらしいぞと、ぞろぞろ歩き始める。

……姉さん、なんか知りませんが、ここに、六人でストーキングするという驚異《きょうい》のチームが、完成致しました。

＊

さて、歩きながらではあったけど、全員、大まかな自己紹介&状況《じょうきょう》説明を行った。

とりあえず、さっき合流した二人は、同学年ながら姉弟《きょうだい》という、僕が若干《じゃっかん》シンパシーを抱《いだ》く境遇《きょうぐう》だった、巡先輩と守先輩（なぜか名字は教えてくれなかった）。どうやら、中目黒先輩のご友人らしい。同じ二年B組だから、考えてみれば自然なことだ。二人とも中目黒先輩のことが気になって尾行《びこう》していたらしい。

杉崎先輩と椎名も似たようなものだった。こちらは、椎名が言い出したことみたいだけど。どこからか委員長と中目黒先輩が出かけるという情報を聞きつけた椎名が、いてもたってもいられず（どうも杉崎先輩と中目黒先輩のカップリングが好きらしい）、杉崎先輩を誘《さそ》って尾行していた……と。

「つまり、ここに居る全員、あの二人の行く末が気になっているっつーわけだな？」

纏《まと》めるように告げた守先輩に、全員が頷《うなず》く。ちなみに、リリ姉と中目黒先輩はまだ歩いていた。あまりに集団化してきたのでそろそろ気付かれるんじゃないかとヒヤヒヤしたけど、この守先輩が何故《なぜ》かとても勘《かん》のいい人で、上手く誘導《ゆうどう》してくれるため、今のところギリギリで見つからずに済んでいる。

「やー、ハロちん、楽しくなってきたねぇ！」

「お前はそうだろうな……」

巽の顔が本当に活《い》き活《い》きしている。が、残念ながら、僕にトラブルを楽しむような趣味《しゅみ》は無い。

巽をテキトーにあしらってリリ姉を見守っていると、ふと、杉崎先輩に声をかけられた。

「いや、秋峰君。美少女に対し、そういう態度はどうだろうか」

「は、はい？　あ、ああ、いいんですよ、巽は。いつもこんなんなんで」

「そういう問題じゃないぞ後輩。男たるもの、美少女にはもっと誠意をもってだな――」

「ねぇねぇ杉崎、聞いて聞いて、私また新番組のレギュラーが決まって――」

「はいはい、良かったね。アイドル凄《すご》いねー。……そう、だからな、秋峰君。美少女を、軽く扱《あつか》ってはいけないいんだぞ」

「ちょっと杉崎、ちゃんとこっちの目を見て喋りなさいよ――」

「うるさいぞ巡！　ちょっと黙《だま》っててくれ！　今俺は、美少女に対する態度に関して、後輩に説教しているんだ！」

…………。…………う、うん。

「ふ、深いなぁ、杉崎先輩は！　こう、つまり、言葉と行動の対比によって、見事なコントラストを表現――」

「いやアキバ君、それは流石にポジティブシンキングすぎるんじゃないでしょうか」

椎名にツッコマれてしまっていた。い、いいんだよ！　杉崎先輩は、こういうところも、カッケーんだよ！

そんな中、巽は守先輩に話しかけていた。

「にゃはは。ねぇねぇ、マモルン、マモルン」

「巽さん？　なんでオレだけ『先輩』もつけず、そんな風来のシ○ンの合成モンスターみたいなあだ名で……」

「マモルンは、ちょーのーりょくしゃなのかにゃ？」

「え？　お、おう、よく気付いたな。今は面倒《めんどう》だから説明しないでおいたのに」

「にゃはは、ちーちゃんにかかれば、初対面の人の特徴把握《とくちようはあく》ぐらい、造作無いのにゃ」

「そうなのか。お前凄《すげ》ぇな」

「はいにゃ！　マモルンがなまじその能力を持つが故に、過去、重度の中二病を患《わずら》ってしまったことぐらいまでは、余裕《よゆう》で分かるにゃ！」

「お、お前の方がよっぽど悪質な能力者だぁー！　うわぁーん！」

なんか巽が先輩泣かしていた。なにしてんだ、あの天才娘《むすめ》は。

守先輩は巽から距離《きより》を取りつつ（賢明《けんめい》な判断だ）、「そういえば」と話題を変える。

「結局こういう面子《メンツ》が集まるんだったら、深夏《みなつ》も誘えば良かったぜ……」

「あー、確かに、言われてみりゃそうだな。俺、巡、守、それに離《はな》れているとはいえ中目黒もいる場に深夏がいないっていうのは、ちょっと妙《みよう》な感じだな」

「あ、でもお姉ちゃん、今日はいつもの『運動部助《すけ》っ人《と》』に行くと言っていましたです。

だから、真冬は先輩だけを誘って、二人で来たのです」

「……どーでもいいけど。ねえ、真冬さん。あのね、貴女、さっきから、ちょぉっと杉崎との距離が近すぎないかしらね、うん。もうちょっと離れたらいいんじゃないかしらねぇ……」

なにやら二年B組の皆様《みなさま》と椎名が僕や巽にはよく分からない話で盛り上がっている。

「にゃはは、ホント、興味深い人間模様だにゃー」

巽も状況をご堪能《たんのう》のようだ。まあ、僕も憧《あこが》れの先輩といられて正直楽しいんだけど。

とにもかくにも、そんな状態で、しばらくワイワイストーキングを続けていく。

…………。

今サラッと言ったけど、なんだよ、ワイワイストーキングって。こんなん、「今の若って何考えているか分からなくて怖《こわ》いわぁ」とか言われても、仕方ないだろう。

僕が「どうしてこうなった……」と勝手に凹《へこ》んで少し集団を離れていると、僕と同じように雑談を抜《ぬ》け出してきた巡先輩が、声を潜《ひそ》めながら話しかけてきた。

「ちょっとちょっと、アンタ……秋峰君だっけ。ちょっと顔かしなさいよ」

「？　どうかしましたか？」

巡先輩に腕《うで》を摑《つか》まれて、団体から少し後ろの方へと連れ出される。残りの四人は雑談に夢中で気付いていないようだ。少し離れたところで、僕は改めて先輩に尋《たず》ねた。

「あの？　どうかしたんですか？」

「ええ、ちょっとね。ねぇ、アンタさ……まさかと思うんだけど、アレ、関係無いわよね？」

「アレ？」

何を言われているのかよく分からず、首を傾《かし》げる。すると巡先輩は少し苛立《いらだ》たしげに
……しかし、極めて小さな動作で、「アレよアレ」と、僕らの後方、さっき曲がった角の方を指さした。僕は促《うなが》されるままにそちらの方を眺め……直後、硬直《こうちょく》する。

何も返さない僕に、巡先輩は説明してきた。

「なんかさっきから、ずっと、東京行った時によく感じる類《たぐい》の気配がしてたんだけど……。確認してみたら、案の定。なんか凄い人数がこっち見て、あろうことか尾行してきているみたいなのよ」

「……あー」

「最初は、いつもの、私のファンかなと思ったのよ？　でも地元でこんなのは珍《めずら》しいし……なにより、どうも、私じゃないのよね。なんとなくなんだけどさ、『私の方』は見ていても、『私』を見ている感じじゃないっていうか……」

「……でしょうね……」

アレは……確かに、貴女を見てはいません、はい。僕は後方を実にのっぺりした表情で見つめ、返す。巡先輩は溜息《ためいき》を吐《つ》いていた。

「でも、私以外となると、守や杉崎にああいうことはなかったし……となると、これは、アンタらの方じゃないかと思ったわけ」

「成程《なるほど》。流石《さすが》です、巡先輩。いやぁ、やっぱり二年B組の方は優秀《ゆうしゅう》だなぁ」

僕は心から感心する。巡先輩は、少し照れたようにそっぽを向いてしまった。

「な、なによ。褒《ほ》めたって、何も出ないわよ？」

「いや……褒めている、というよりですね」

そう言いながら……僕は、改めて、後方を見やり、呟《つぶや》く。

「うちのクラスは、ホント、残念だなぁと思いまして」

言いながら、僕は、こちらを……椎名を窺《うかが》っている薄野虎太郎《すすきのこたろう》、そして、彼を先頭に背後にまだまだ続いているのであろう、我が変態クラスメイト達に向かって、笑顔で手を振《ふ》った。虎太郎が、何を思ったのか、ぐっと親指を立てて返してくる。なぜか不○家のペ○ちゃんばりに舌まで出していた。……うん、今日も順調にキモイな、虎太郎！

……………はぁ。

「な、なんかよく分からないけど……アンタ、大変ね」

なんと、遂《つい》にはとても傍若無人《ぼうじゃくぶじん》な性格っぽい巡先輩にまで同情されたよ姉さん！

僕はもう色んな感情がメーターを振り切りすぎて、逆に笑顔で巡先輩に返す。

「紹介します、巡先輩。『椎名真冬ファンクラブ』こと、うちのクラスメイト達です。恐《おそ》らく……いや絶対に、あの先頭の男の背後に、残り三十四名ほど変態がいます」

そこに委員長と巽を入れて、変態クラスの出来上がりである。

「……私、二年B組で良かったと思ったの、杉崎関連以外では初めてだわ」

「そうですか。その幸せ、手放さないようにした方がいいと思います」

「え、ええ。アイドルが忙《いそが》しくても、留年だけは、絶対しないようにするわ」

「そうして下さい」

妙に大人びた顔をして溜息を吐く僕の肩《かた》に、巡先輩が手を置いてくれる。そうして、僕ら二人は、足取り重くストーカー仲間の方へ戻《もど》っていった。……いや僕らは僕らでどうなんだろうね、姉さん。

「それにしても、アンタのクラス凄いわね。生徒会のあの子……いつも、あんな風にされているわけ？」

「ええ、まあ。……いや、でも、そうは言っても、ちょっと変だな。いつもは休日まで見張っていたりなんか、しないはずなんだけど……」

「そうなの？　あー、でも、そうよね。学校はいいけど、休日の居場所なんて分からないし……特に、確かあの子、家にばっかりいるんでしょう？」

「そうです。そっか……そう考えると変だなぁ。なんで今日は珍しく椎名が外に出ていることとか、ここの位置とかがバレたんだろう……」

二人、首を傾げながら戻る。巽が集団から少し後ろに外れてケータイをいじっていたので、その脇《わき》を何気なく抜けて——

「えーと。『尾行なう』、とにゃ」

『お前のせいかぁ————————————！』

巡先輩と二人、思いっきりツッコんでやった。

＊

《ハロちんお誘いなう》《駅前なう》《探偵《たんてい》ごっこなう》《ストーキングなう》《マフー遭遇《そうぐう》

なう》……あたりまで読んだところで、僕は巽に奪《うば》った携帯《けいたい》を押し付けるように返却《へんきゃく》した。

「お前なぁ……」

「なんだにゃハロちん。ツ◯ッターにちーちゃんの行動書くぐらい、いいじゃないかにゃ。あれかにゃ。ハロちんは、この程度の事でプライバシーがどうとかぐちぐち言うタイプなのかにゃ。世知辛《せちがら》い世の中にゃ。表現の自由が無いにゃ」

「いや、ツイ◯ター自体は別にいいけどさ……あのクラスメイト達全員にフォローされている状況《じょうきょう》で、椎名情報漏《も》らすなよ……。そりゃ駆《か》けつけるよ、あいつら……」

「だ、大丈夫《だいじょうぶ》にゃ！　うちのクラスメイト達は、マフーと適度な距離を取らせたら一流のヤツらばかりにゃ！」

「何を誇《ほこ》ってんの⁉」

「まあ、スギスギ先輩の命が多少危険かもしれないけど、それはこの際別にいいにゃ」

「おい、そこの後輩ども、今先輩たる俺の命をかなり軽く扱わなかったか？」

杉崎先輩がまた睨《にら》み付けてきてしまったので、僕は慌《あわ》てて話を逸《そ》らす。

「お、おっと！　それより、そろそろ二人は目的地に着くんじゃないですかね！　た、建物に入るところ見逃《みのが》さないように注意しないと！」

「あー……まあ、それは、そうだな」

先輩を促して、改めて全員で、本来の目的であるストーキングを再開する。リリ姉と中目黒先輩がどうもかなり長く歩きすぎているなぁと思ったら、どうやら、街の散策みたいなことをしているらしい。時折二人は足を止め、リリ姉が何かを指さしては、ちょっとしたガイドをしていた。

「下僕《げぼく》はまだこっち来て日が浅いからね。今日は街案内も兼《か》ねたデートなのかしら」

巡先輩が呟く。……とりあえず、彼女が中目黒先輩のことをサラリと『下僕』と評したことに関しては、二年B組の皆《みな》さんが何も指摘《してき》しないので、僕ら一年C組メンバーも、心の中では大量の汗《あせ》を流しつつも、空気を察して、指摘しないことにした。

僕は話を更《さら》に変える。

「それにしても、リ……委員長と中目黒先輩に接点があったということが、僕は不思議なんですが。どなたか、その辺のこと知ってます？」

先輩方に尋ねてみる。すると、守先輩が「あー、それはな」と応じてくれた。

「善樹のヤツ、転校したての頃《ころ》、放課後、職員室に不在だった先生に書類渡《わた》すために視聴《しちょう》覚《かく》室行くことになったらしいんだけど、場所が分からなくて迷ったみたいでさ。オレ達みたいな知り合いも全員たまたま帰ってしまっていたから、誰《だれ》にも頼《たよ》れずおろおろしていたら……あの子に、声をかけて貰《もら》ったんだとさ」

「あー……なるほど、委員長らしい行動だ」

納得していると、守先輩が「で」と更に補足する。

「彼女、道案内ついでに、軽く校内案内もしてくれたらしくてさ。そん時に、ちょっと親しくなったみたいだぜ」

巡先輩が「確かに」と続ける。

「なんかあの二人、話は合いそうよね。どちらからも、こう、碧陽には珍しい真面目《まじめ》オーラを感じるわ」

「なるほど……」

そうか、そんなことがあったのか。それは確かに、いちいち僕に報告することもないか。

「でも……それだけで、デートするなんてことに、なりますかね？」

僕の新たな疑問には、椎名が応じてくれた。

「あ、それはですね。この前中目黒先輩に真冬達が執筆《しっぴつ》を依頼《いらい》した時に、ちょっと話していたら、真冬のクラスの委員長が中目黒先輩の恩人さんだと判明しまして。それで、その流れで、中目黒先輩が改めてお礼をしたいと言い出したのです」

「ああ、それで椎名が仲を取り持ったの？」

余計なことをっ。そう思った矢先、椎名は首を横に振った。

「いえ、真冬は……杉崎先輩と中目黒先輩のゴールインを熱望していますから、そこから先は全くノータッチだったのです。でも……残念ながら、今の中目黒先輩は前より積極的なようです。話が進んだみたいですね。ふぅ」

「そうなのか。むぅ……可愛い顔してやるなぁ、中目黒先輩。委員長をデートに誘《さそ》い出すなんて……」

　そんな僕の呟きに、杉崎先輩が反応する。

「いやぁ、あれはむしろ無欲の勝利じゃねーかな。自分で言うのもなんだけど、俺がデートに誘っても国立さんは駄目《だめ》だったと思うぜ？」

「？　そういうもんですか？　杉崎さんの誘いなんて、僕なら、喜んで一緒《いっしょ》に出かけますけど」

「……お前に、若干《じゃっかん》、中目黒が重なるんだが……」

　先輩はぶんぶんと頭を振る。椎名がまたニヤニヤしていた。……なんかお前、今日、楽しそうですね。

「とにかく。こう言っちゃなんだけど、あの二人どっちも天然っぽいから、今日のこのお出かけも実際『デート』という名目じゃないんだろう」

「男女二人で休日に出かけているのにですか？」

「少なくとも、俺の知る中目黒善樹ってヤツは、そういうタイプだ」

「……僕の知る委員長も、そういうタイプでした」

なるほど、そう考えると、若干心が楽になる。リリ姉は、デートのつもりじゃないんだ。

しかし……それはそれで、「二人、抜群《ばつぐん》に相性いいんじゃね?」という疑問も湧《わ》いてきて、新たなモヤモヤも発生してしまった。……複雑だ……。

色々な意味で悶々《もんもん》としていたところで、ようやく二人に動きが出た。

「あ、ハロちん! あの二人、建物入ったにゃ!」

「え⁉ どこ⁉」

巽以外は雑談に集中していたらしく、全員が驚《おどろ》いて先頭に群がる。巽は、思いっきりピンと肘《ひじ》を張って前方を差した!

「あそこにゃ!」

「あ、あそこって……な、なんだあの古びた雑居ビル! まさか怪《あや》しい店に――」

「あのビルの、斜《なな》め向かいの、隣《となり》の隣にある、図書館にゃ!」

「お前わざとやっているだろう!」

最初の目印地点が明らかにおかしかった。と、とにかく、二人は図書館に入ったようだ。

そろそろと図書館前まで行ってみるも、そこで、一斉《いっせい》に足を止める。

杉崎先輩が「で」と話を切り出す。

「どうする、これから。いくらなんでも、この大所帯で図書館入っていったらバレる確率高いだろう。他の利用者にも迷惑《めいわく》だし」

こう見えて意外と気を遣《つか》う先輩だった。対照的に巡先輩が不満の声を漏らす。

「でも、ここからが重要なんじゃない！　二人の会話内容が知りたいのよ、私は！」

「そう言ったってしゃーないだろう、難しいもんは難しいんだ」

「うぅ……。そ、そうだ守！　あんた、超能力《ちょうのうりょく》で覗《のぞ》きなさいよ！」

「ええー！　またかよー！」

守先輩が呻《うめ》く。……前にも覗かされたことあるんだ……。深くは追及《ついきゅう》しないでおこう。

特に無理強いをしたわけでもないのだけれど、皆《みんな》に見つめられたのを期待と受け取ったのか、守先輩は「しゃーねーなー……」とだるそうに頭を掻《か》く。

どうやら超能力を使ってくれるようなので、僕らは入り口から少し外れた邪魔《じゃま》にならないところで、じっくりと聞かせて貰うことにした。

「よし、じゃあ、透視《とうし》して見たこと聞いたことを、そのまま言うぞ？　でも精度には期待すんなよな」

「分かってるって。守、始めてくれ」

杉崎先輩に促《うなが》されて、守先輩は集中するように目を瞑《つぶ》った。そうして数秒後、ぽつりぽつりと、言葉を漏らし始める。

「ん……二人、なんか人気《ひとけ》の無いところに居る……。…………。喋《しゃべ》ってるぞ……。『……先輩、ここでシましょうか……』『そ、そんな、いいのかな、こんな……』『いいんですよ……私がいいって言っているんですから……』『国立さん……委員長さんなのに……大胆《だいたん》なんですね……』『ふふふ……いつも真面目だから……こういう時にルールを破るの……すごく……あ……興奮……します』」

『！』

その場に居た全員が、硬直《こうちょく》した。それどころか、僕なんて……。

「…………」

「せ、先輩！　アキバ君が、アキバ君が……完全に魂《たましい》を失っています！」

「わー!?　ちょ、後輩、しっかりしろ！　気を確かに！」

「……くぅーん……わんわん！」

「せ、先輩！　アキバ君の中に、動物霊《れい》が入ってしまった模様です！」

「う、うわー!?　ちょ……ま、待て、今知り合いの霊能力者を呼ぶから——」

上空二十メートルぐらいの位置からそんなやりとりを見守って、数分後。僕は、たまたま近くを通り過ぎた霊能力者さんに「喝《かつ》」を入れられ、ようやく目を覚ました。無表情で淡々《たんたん》と僕を治療《ちりよう》して去っていったその女性の背に何度もお礼を言い、一息吐《つ》いたところで、しかし、問題は何も解決していないことに気付き、また視界がブラックアウトしそうになる。

「うぅ……僕は……僕には……僕にはどうして、NTR《寝取られ》属性が無いんだろう」

「うん、秋峰君、錯乱《さくらん》しすぎていて後悔《こうかい》するポイントがずれているぞキミ。と、とにかく元気出せ……と言いたいところだけど、俺、お前の状況、自分に置《お》き換《か》えたら背筋がゾッとするものがあるから、なんとも言えんわ！」

「先輩……うぅ！」

僕は杉崎先輩の胸に「ひっし」と抱《だ》きついて泣きじゃくった。先輩は一瞬《いっしゅん》引いたものの、流石《さすが》に同情が上回ったのか、僕の頭を「よしよし」と撫《な》でてくれる。辛《つら》い恋《こい》をした男にしか入り込めない空間が、そこにあった。そしてこの際、椎名が「やっほーで――す！」とうざい程にテンション高くその辺を駆け回っているのは、無視することにした。

そんな僕らの状態にも気付かず、すっかり超能力に入り込んだ守先輩は、未だに実況をしていた。

「『ボク……緊張《きんちょう》します』『大丈夫《だいじょうぶ》ですよ、善樹先輩。私に任せて下さい』」

「ちょ、ちょっと守！　あんたいい加減やめなさいよ──」

巡先輩が気を遣って彼を止めようとしてくれていた、その直後──

「『いいのかなぁ……ボク、利用者カードまだ作ってないのに、図書館使わせて貰って』

『だ、大丈夫です。私に任せて下さい。私が利用者カード持っているので、これぐらいのルール違反《いはん》なら、許容範囲《はんい》です。とはいえ、ど、ドキドキします』」

『で、ですよねー！』

全員が、さも「勘違《かんちが》いなんかしてませんよ」といった様子でそれぞれ視線を逸《そ》らす。

あ、あぅ！　恥《は》ずかしっ！　気絶までした僕、恥ずかしっ！

巡先輩が守先輩をぽこっと殴《なぐ》って意識を元に戻《もど》した。

「いてっ、何すんだよ姉貴！」

「何すんだよじゃないわよ！　あんたまた……微妙《びみょう》な情報ばっかり流して！」

「ああ？　だから最初に前置きしただろ、精度は微妙だって」

「アンタの超能力の微妙さは、間が悪すぎるのよ！」

「んだよ……使えっていうから使ったのにさ……。もういいよ！　オレ、協力しねぇからな！　二人の会話知りたかったら、他の手段考えろよ！」

「ぐ、ぐぬぬ……」

巡先輩が唸《うな》る。僕は完全に憔悴《しょうすい》しきっているし、他のメンバーも大概《たいがい》疲《つか》れているしで、もう、全然いい案が出そうにない空気だった。っていうか、正直、もう、全員分かっていた。これは……これ以上追跡《ついせき》&調査したところで、何も出ないと。あの二人は、本当に天然さん同士の、純朴《じゅんぼく》な関係なのだと。

しかし……一人だけ、まだまだ元気で、面白いイベントを起こしたいヤツが居た。

彼女……巽千歳だけは、しつこく粘《ねば》る。

「ええー、もっと遊びたいにゃ！」

「千歳ちゃん……俺も美少女と遊びたいのは山々だけど、もう会話探る手段も無いし、そろそろお開きということで……」

凄《すげ》ぇ、あの杉崎先輩さえぐったりしている。今日は、ホント濃《こ》い日だったもんな……。

しかし、それでも巽は粘った。

「うーんと、じゃあ、盗聴器調達《とうちょうきちょうたつ》するにゃ」

「いくら千歳ちゃんと言えど、そんなのは簡単には――」

「おーい、後ろのコタロー達、C組の皆ぁー！　誰《だれ》か、盗聴器貸してにゃー！」

巽が背後にぶんぶん手を振《ふ》りながら声をかける。すると、道の曲がり角の方から、男女入り交じった大量の人間の声が、返って来た。

『いいよー、どれがいーい？』

『よし、今すぐ解散しよう！』

二年B組の皆《みな》さんが、真っ青な顔でハモっていた。

＊

「しっかし、凄《すご》いクラスだな、一年C組」

「ホントすいません……」

杉崎先輩と二人きり、謝りながら帰路につく。ストーカー集団は一年C組も含《ふく》め解散したのだけれど、僕と先輩はそれぞれ帰宅とバイトで駅に向かうため、一緒に歩いていた。本来は嬉《うれ》しい状況なのだけれど、今日は完全に疲労《ひろう》してしまっていて、もうそれどころじゃあない。実際、杉崎先輩ももう僕を敵視したりする気力も無いようで、二人の間にはだるーい空気のみが流れていた。

「俺は、てっきり、真冬ちゃんはあんまりクラスと良好な関係を築けてないと思っていたんだけど……」

「ん……あー、まあ、それもあながち間違《まちが》いじゃないと思います。クラスのヤッらはどう思っているか分かりませんが、僕から見て……真面目《まじめ》な話、やっぱり歪《ゆが》んでますよ、今の状態は。笑えることも多いけど、でも、椎名とクラスの関係があれで良好かというと、ちょっと、違う気がします」

「そうか……。まあ、いじめられているとかじゃないなら、俺の出しゃばることじゃないな。そこは、真冬ちゃんと碧陽の生徒達を信じて、相変わらずあんまり干渉《かんしよう》しないでおくか」

「……先輩は、強いですね」

僕は溜息《ためいき》混じりに呟《つぶや》く。……僕だったら、そういうのは無理だ。今日だって……リリ姉を信じて放置なんか、出来なかったから、こうなっている。

落ち込んでいると、杉崎先輩が少し言《い》い辛《づら》そうに切り出してきた。

「なんか……訊《き》いていいのか迷ってたけど、お前と国立さんって、『従姉弟《いとこ》』っていう以上に、なんかあるのか？　同居しているっていうのは聞いたけど……お前見ていると、どうも恋人《こいびと》とかそういう甘《あま》い空気でもないみたいだし」

その質問に、僕は一瞬どう答えたものか迷ったけど……ここまで、こんな無様《ぶざま》な行動を共にして、変に隠《かく》してもしょうがないなと思い、諦《あきら》めて、話すことにした。

「そんなに複雑な話じゃないですよ。僕が、一方的に、委員長……リリ姉のことを、好きなだけです」

「あー、まあ、それはなんとなく分かったけどさ。それにしたってお前、不幸そうすぎやしないか？　好きな人と同居生活だろ？　もっとテンション上げてけよ！『委員長ぉー！　大好きだぁー！』って、一日一回叫《さけ》ぶぐらい、してもいいだろ」

「す、杉崎先輩はホント凄いですよね……。僕も、そう、ありたいんですけどね……」

「？　なんだよ、まだ何かあるのか？」

「なにかっていうか……」

どうしようか姉さん。こういう話は、あんまり、人にするもんじゃないと思うんだけど……。……今回だけは、話して、いいかな？

僕は少しの間、心の中で姉に問いかけ……そして、まとまったところで、出来るだけ軽く、先輩に説明する。

「……姉さんが亡くなったんですよ」

「え、ええー」

急な重たい話に、先輩、ドン引きだった。し、しまった、切り出し方を誤ったか。

「いや、気軽に聞いて欲しいんですけどね」

「いや無理だろ。人の生き死にに関わる話を、どう、気軽に聞けと」

「……マ○クポテトでも食います？」

「マッ○入ればいいってもんじゃないだろう！　ま、まあいいや。出来るだけ、普通《ふつう》に聞くよう、努力はする」

「ありがとうございます。ええと……実際姉が亡くなったのは三年前でして、もうそこそこそれ自体は心の整理がついているんで、大丈夫なんですよ」

「え、えーと……それが、お前と国立さんの問題に、どういう関係が？」

「なんていうかな……ちょっと、詳細《しょうさい》な部分は省くんですけど……」

「ああ」

「うちの姉さんが死んだのは、リリ姉のせいだって……リリ姉自身が、信じ込んでしまっている節がありまして」

「…………」

うっわ、先輩、顔引きつっているよ。あれだな、思っている以上にヘビーな話が来てしまった、さて、どうしようという顔だな。

僕は慌《あわ》てて補足する。

「いや、実際にはそんなことないんですよ？　だって病気ですからね、姉の死因。リリ姉のせいなんてことは全然無いっていうか、少なくとも、リリ姉自身以外は、誰一人《だれひとり》、そんなこと思ってないんですよ。天国の姉さん自身だって」

「あ……あぁ、ごめん、雑談で出来るキャパ以上の話が来たんで、フリーズしてたわ。え、えーと、ま、まあお姉さんの死に関しては俺には何も言えること無いから一旦《いったん》置いておいて貰《もら》って。それで……結果、お前と国立さんの関係に、どんな問題が？」

「ああ、単純っちゃ単純な話ですよ。リリ姉は、姉さん……秋峰那奈《なな》が亡くなったのが、自分のせいだと思い込んでいるわけで。結果、国立凜々は、いつからか、ナナ姉さんの代わり……つまり、僕の姉になろうとし始めたわけです」

「……なるほど。そいつは……キツイな」

「ええ」

「お前だけじゃないぞ。国立さんも、だ」

「……ええ」

……やっぱり、杉崎先輩は凄い人だ。話した相手がこの人で、良かったな。

僕は変に同情されてしまったり、微妙な空気になるのもイヤなので、「まいりますよぉ」と、軽めのテンションで苦笑した。

「片想いなのは勿論《もちろん》なんですが、あっちはあっちで、ある意味『姉』としては僕を溺愛《できあい》してくれているんで、なんていうかこう……生殺し？　みたいな」

「あ、ああ、成程《なるほど》、そういうことか。それも……キツイな。性的な意味で」

「わ、分かってくれますか」

「分かる。俺も……その、好意を寄せてくれている義理の妹っつうのが居てだな……」

「…………」

「…………」

二人、ずーんと沈《しず》みながら、とぼとぼ駅への、夕暮れの道を歩く。

椎名が喜びそうなことを書くと、終盤《しゅうばん》なんか、二人、肩《かた》を組んで歩いてしまっていた。

＊

駅で杉崎先輩と別れ、帰宅するために駅前のバス停でぼんやり過ごす。別れ際、先輩には「お互《たが》い頑張《がんば》ろうぜっ！」と笑いかけて貰った。おかげで、なんだか今は少しだけ気分が軽い。

「でも一番救われたのは……先輩が、必要以上に、同情的じゃなかったことなんだよ、姉さん」

いつものように独り言を呟く。そう……姉さんが亡くなったことと、僕の恋愛《れんあい》が上手《うま》くいってないことは、多少の因果関係こそあれど、基本は全く別のことだ。それを、杉崎先輩は、ちゃんと見抜《みぬ》いてくれていた。僕を、甘やかさないでくれた。それが……僕には、本当に、ありがたかったんだ。この人になら、ちゃんと悩《なや》みを話せるって、思ったんだ。

夕暮れに染まる街並みを眺《なが》め、今日一日のことを思い返す。

そして……何かに誓《ちか》いを立てるように、小さく、呟いた。

「姉さん。リリ姉が……今回こそただのお出かけだったけど……本当に中目黒先輩を……誰かを、好きに、なったら。……その時は……その時は……」

僕は、心から、祝福が、したいです。

僕や姉さんのことじゃなくて。

自分の幸福を求めることを覚えてくれた、リリ姉を。

心から祝福してあげられる……そういう僕に、なれるよう、頑張りたいです。

だから姉さん。

今だけは……そんな決意をした、今日だけは……。

少しだけ……少しだけ、泣いても、見逃《みのが》してくれるよね──

「あれ？　葉露君？　どうしたの、こんなところで」

「え!?　あ、え、リリ姉!?」

慌ててごしごしと袖《そで》で目元を拭《ぬぐ》う。気付けば、目の前にリリ姉が立っていた。遠景に集中していたせいで、近くにリリ姉が歩いてきていることに気付かなかった。

僕は、しどろもどろになりつつも、訊《たず》ねる。

「り、リリ姉こそ、な、ななな、なんでここここここに？」

「？　なんでって……今日はお出かけするって言ったと思いますけど。ですから、その、帰りですよ？」

「そ、そそ、そうだよね」

とはいえ、もうちょっと図書館に居るもんだと思っていたから、僕は動揺《どうよう》しまくっていた。ほ、ホントにあっさり別れたんだな、二人……。

「葉露君こそ、帰りですか？　今日は私より早くお出かけしましたけど」

「そ、そそ、そうなんだよ」

「何処《どこ》に行っていたのですか？」

「ええ!? えーと……せ、先輩方と、親睦《しんぼく》を深めて……みたり、かな、うん」

う、嘘《うそ》は言ってないぞ、嘘は。リリ姉の目は見られないがな！

僕が視線を逸《そ》らしていると、リリ姉は「そうなんですか」と何事も無かったかのように続ける。

「あ、私もそういう意味じゃ、先輩と親睦を深めて来ましたよ」

「そ……そうなんだ」

「ほら、前も話した善樹先輩なんですが。前から何かお礼がしたいと言われて困ってしまっていて……だから今日、折角なんで、図書館でのお勉強に付き合って頂いたのです」

「へ、へぇー」

「でもついさっき、ハッとした善樹先輩が『あ、あれ⁉　なんかボク今日また案内して貰ったただけっぽくなってる⁉　う、うわぁー！　ごめんなさい、国立さん！　こ、今度、今度こそちゃんと、お礼するから！　またね！　うぅ……杉崎君を見習って女性をエスコート出来る素敵な男子になろうと努力しているのに……なんで毎回逆になっちゃうんだろう……うぅ』とか言って、なんか、肩を落として帰っていってしまいました。……葉露君、私、なにか悪いことしちゃったでしょうか？」

「さ、さあ……」

ああ、中目黒先輩。喋《しゃべ》ったことないけど、貴方《あなた》は貴方で、ある意味リリ姉の被害者《ひがいしゃ》なんですね……。ちょっと、親近感が湧《わ》いてしまった。

喋っている間に、街の方からバスがやってきた。僕はベンチから立ち上がり、そして……リリ姉に、出来るだけ自然に、訊ねる。

「リリ姉さ……」

「ん？　なぁに、葉露君」

ニコッと笑ってこちらを見てくれるリリ姉。夕陽《ゆうひ》を背にしたその姿は、切ないぐらいに可愛くて。僕も……頑張って、笑顔で、訊ねる。

「……今日一日、中目黒先輩と一緒《いっしょ》に居て、楽しかった？」

僕のその問いに。彼女は……なんの邪気《じゃき》もなく、相変わらず残酷《ざんこく》な、満面の笑みで、答えてくれた。

「ええ、とっても楽しかったですよ」

「そっか」

僕は……それに、精一杯《せいいっぱい》、微笑《ほほえ》み返した。溢《あふ》れそうになる涙《なみだ》は、どうにか、堪《こら》えた。

うん……リリ姉が楽しかったなら……それで、いいや。何も悪いことなんか無い。

今日は、いい日だった。

いい日だったさ。

バスが目の前に着き、ぷしゅうと開閉音を鳴らしてドアが開く。リリ姉が先に乗り込み、少しボンヤリしていた僕も「ほら、葉露君」と促《うなが》され、乗り込んだ。

二人がけの席に、リリ姉が窓側、僕が通路側に座る。どうしても僕のテンションが下がり気味なので、お互い会話も無くしばし居ると……ふと、リリ姉が、景色の方を見たまま訊ねてきた。

「ねえ、葉露君。今日……千歳といなかったですか？」

ぎくりとする。そ、そう言えば、巽のせいで、一回、駅前で見つかりかけたっけ……あれ、見られてたのか……。

しばし悩むも、変に嘘ついても逆に怪《あや》しまれるなと思い、素直に返す。

「あ、ああ、今日は巽も一緒だったよ」

「ふーん……そうなんですか。…………。……葉露君は、千歳と、そんなに仲良かったでしたっけ？」

「え？　あ、ど、どうだろう。うん、まあクラスの中じゃ、いい方じゃ……ない……かな」

ストーカー行為《こうい》がバレるんじゃないかと、冷《ひ》や汗《あせ》を掻《か》きながら視線を逸らす。

リリ姉は、相変わらず窓の外を見たまま、何を考えているか分からない様子で呟《つぶや》く。

「……ふーん……」

「？　ど、どうかしましたでしょうか、リリ姉……」

「いいえ、別に。なにもありませんよ」

「そ、そうですか」

「……ふーん……」

「いや、だから、リリ姉ね。何か気になっているのだったら、ハッキリと……」

「え？　いえ。私、何か言ってましたか？」

「いや……なんでもないんだったら、いいんだけど、ね」

「はい。なんでもないです。…………。……休日に……二人で……」

「あのー、ですから、リリ姉」

「？　なんですか？　どうかしましたか？」

「い、いや……無意識なら、いいんだけど」

そんなわけで、その後も、バスに乗っている間、リリ姉の不思議な呟き（僕にとってはストーカー行為に対するプレッシャーだと思える行為）は継続《けいぞく》したのだった。


一年C組。

そこに在籍《ざいせき》する者達の恋《こい》の空回りは、近頃《ちかごろ》、更《さら》に加速している。

「あいつの噂は、あたしも結構聞いてたもんだぜ！
色んな意味で！」 by 深夏

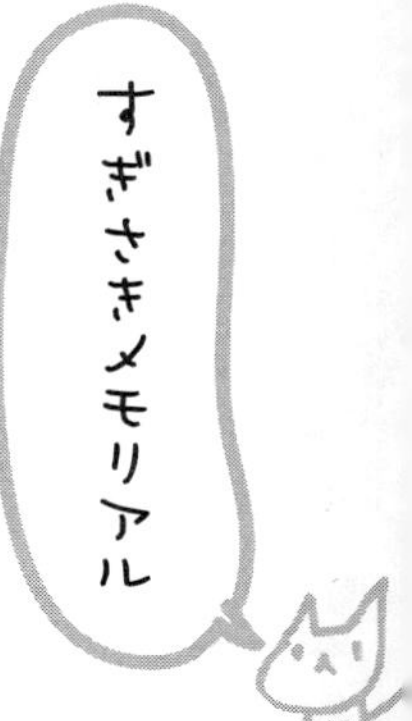

【すぎさきメモリアル】

○　春～能力パラメータ（10点満点）　学力1　運動1　根性1　体力4～

本の化け物に出会った翌日の朝。俺は洗面所の鏡の前でギョッとしていた。

「うわ……酷《ひで》ぇなこれ」

生気のカケラもない濁《にご》った瞳《ひとみ》。精神的な疲労《ひろう》による不眠《ふみん》で荒《あ》れきった肌《はだ》。まともな食事をとっていないことによる血色不良。伸《の》びきって乱れた髪《かみ》に、トドメは頬《ほお》に出来たニキビ。

これまでも毎朝この顔をこの鏡で眺《なが》めていたはずだというのに、俺は、今日初めて自分の状態の悪さを自覚した。

「……ちゃんとするか」

蛇口《じゃぐち》を捻《ひね》り湯を出して、念入りに顔を洗い、髪を整え、最後に歯を磨《みが》く。

なぜだろう。昨日までは自分の容姿など……いや、なにもかもが、本当にどうでも良かったはずなのに。

今日は、久々に自分が「生きている」と思える。

歯ブラシをシャコシャコ動かしながら、ぼんやりと昨日のことを……生徒会副会長のちみっこい先輩《せんぱい》に会った時のことを思い出す。

「おもひろいしぇんぱいだったな」

なんだか普通《ふつう》にしているだけなのに、一生懸命《いっしょうけんめい》生きている感じがして。あまりに輝《かがや》いているもんだから、無気力だった俺にまで、ソーラー充電《じゅうでん》の如《ごと》くパワーが分けられてしまったみたいだ。

水で口をゆすぎ、そういやあの先輩になんかアドバイスされたなと思い出す。

「あ、そうだ、ギャルゲ……」

今日は土曜日。休日。予定なんかあるはずもない。今までだったら家で惰眠《だみん》を貪《むさぼ》り、カップラーメンをすすり、テレビを眺め、そしてなぜか翌日どっと疲《つか》れている。そんな不毛な過ごし方をするだけ。でも、だったら……。

「……ちょっと出るか」

今日の俺は、どういうわけか、そんな気分だった。

迷惑《めいわく》なことに、あの先輩の発する光は、かなりのエネルギー量だったらしい。

＊

「……ギャルゲーってどこで買うんだ？」

とりあえず久々に部屋着以外の服を引っ張り出してそれなりに見られる格好《かっこう》で街に出たまでは良かったものの……特にこれといった指針がなかったことに気付き、頭を掻《か》く……が、指先にひっかかる伸びた髪が非常にうざったい。

「……髪、切ろうかな」

いつから切ってないんだっけ。……思い出せない。とりあえず家でいくら整髪《せいはつ》してももっさいことは確かだ。これはもう、限界ということなんだろう。

「床屋《とこや》床屋……と。……あ、初めての床屋か……」

今までは実家の近くの慣れ親しんだ床屋のおっちゃんに切って貰《もら》っていたが、この街で髪を切るのは初めてだ。そう考えると、少し緊張《きんちょう》する。どうしたものか。

とりあえず周囲をキョロキョロしながら歩くと、なぜか床屋は絶望的に無く、代わりにオサレな美容室を発見してしまった。店内ではOLや女子大生と見られる方々が若い美容師さん方と談笑していらっしゃる。……じ、実に入りづろうございます。

「……美容室。…………。そういや林檎《りんご》が、たまには髪型変えたらって言ってたっけ……」

いっつも床屋で同じ髪型にする俺に、義妹が近所に出来た新しい美容室を勧《すす》めてきたことがあったっけ……。……あの頃《ころ》は、楽しかったなぁ。……結局、あいつの言うこと、聞いてやれなかったな……。…………。

「入るか、美容室」

俺は意を決すると、美容室の扉《とびら》を押し開けた。

＊

「さっぱり！」

約一時間後、そこには店先で笑顔の俺がいた。ああ、なんて爽快《そうかい》な気分なのだろう！

今までの人生でも髪は何度も切ったはずだけど、今回はとりわけさっぱりした！

美容師さんに勧められるまま格好良さ重視で切られたから、床屋でバッサリスポーツ刈《が》りにしたような軽さは無いものの、美容室の鏡に映った自分はなんだか新鮮《しんせん》なイメージで、おかげで昨日までの自分と少しだけ決別出来た気がする。

「失恋《しつれん》して髪を切るのは、意外と理にかなった対処法なのかもしれん」

女性とは違《ちが》うものの、思っていた以上に気分が晴れた俺がいる。単純なのだろうか。

とにかくこうなると、後はとんとん拍子《びょうし》だった。容姿が整うと腹が減っていたことに気付き定食屋で久々の人間らしい食事、腹が満たされるとエネルギーが湧《わ》いてきて散歩がてらウィンドウショッピング——と、連鎖《れんさ》的に活動が続いていく。そうして夕方になり缶《かん》ジュースを買って公園のベンチで一息ついたところで、ようやく今日の本題を思い出した。

「あ、ギャルゲー買うんだったたっけか」

とりあえず炭酸を喉《のど》に流し込み、ふむと考える。そういや今日の買い物中にゲームショップを一軒見かけたな。とりあえずあそこに行ってみるか。一応実家からハードは持って来ているし、ソフトだけ買えば大丈夫《だいじょうぶ》だろう。

休憩《きゅうけい》を終えて公園を後にし、ショップへと向かう。多少迷いながらもなんとか店に辿《たど》り着《つ》き、周囲を見渡《みわた》したところで、少しだけ物怖《ものお》じしてしまった。

「……なんか凄《すげ》ぇ久しぶりだなゲーム買うの。事前にネットで調べれば良かったかな」

いかん。今のゲーム事情が全然分からん。RPGならドラクエやFFみたいな俺でも聞いたことあるの買えば安心なんだろうが、ギャルゲーってなんか大作とかあるんだっけ？　しばらく店内をウロウロ眺めてみるも、全く決め手がない。学生の身には高い買い物のため、「とりあえずこれでいいや」的テンションにもなりづらい。

困った。非常に困った。こういう時は……。

「て、店員さーん！」

とりあえず店員さんを呼んでみた。レジの方から「はい？」と若い女性の声が聞こえ、パタパタと足音が近付いてくる。……うん、超今更《ちょういまさら》だけど、なんで店員呼んだ俺。

「どうかされましたか、お客様」

そう言って怪訝《けげん》そうな表情で近付いてきたのは、すらりと身長が高い、眼鏡《めがね》をかけた女性店員だった。美人さんの部類だとは思うんだが、愛想はお世辞《せじ》にもいいとは言えず、なぜか仏頂面《ぶっちょうづら》で目つきは鋭《するど》く冷ややか。……なんだか妙《みょう》に高圧的なオーラに気圧《けお》されつつも、ここで引くわけにもいくまい。

俺は意を決して訊《たず》ねた。

「あの……な、なにかオススメはありませんか？」

「は？」

これでもかというほど見下した態度をとられた。わ、分かってるよ俺だって！　ゲームショップで漠然《ばくぜん》とオススメ訊《き》いても仕方ないって！　でもそれを承知で……承知の上で、頼《たよ》っているんじゃないかぁ！

「その……げ、ゲームが欲しいんですが、なにか、いいものありませんか」

うぅ、何を漠然とした訊ね方をしているんだ俺！　しばらく一匹狼《いっぴきおおかみ》貫《つらぬ》いていたせいか、すっかり他人とのコミュニケーション能力が欠けてしまっている。

とりあえず、改めて「ギャルゲーなんですが」と言い直そうとしたところで、キツイ目の女性店員さんは先に驚《おどろ》くべき返答をしてきた。

「ないです。お引き取り下さい」

「ええええ⁉」

なんかゲームショップ店員から驚きの発言を聞いた気がする。軽く会釈《えしゃく》してそのまま普通に去って行こうとする店員さんを、慌《あわ》てて引き止める！

「ちょ、ちょっと待って下さい！　俺は、ただオススメのソフトを訊いただけで……」

「ソフトもなにも、私は、テレビゲーム自体をオススメしません」

「ええー！　か、仮にも店員さんでしょう⁉」

「仮などではありません。正式な、れっきとした店員ですが、何か」

なぜか胸を張って偉《えら》そうにされた。彼女の胸に光るネームプレートが目に入る。「水無《みな》瀬《せ》」さんというらしい。うーむ。

「何か」

水無瀬さんが眼鏡の奥《おく》から俺を睨《にら》み付ける。正直な話、苦手だ。なんつうか、実はさっきからこの人に、俺の元彼女と共通したオーラをビシビシ感じるのだ。キャラは全然違うのだが、なんだか、喋《しゃべ》っていて勝てる気がしないっつうのかな。

とはいえ、現状彼女以外にゲームをチョイスする上で頼れそうな人間がいないのも確かだ。俺は緊張しながらも、もう少し食い下がることにした。

「お願いしますよ。俺、最近のゲーム事情知らないんで、少しでも情報が欲しいんです」

「マ○オが赤で、ル○ージが緑なんですよお客様」

「うん、本当に少しだけだね情報。でもそうじゃなくて、凄《すご》く売れたソフトとかさ」

「テトリス」

「いや、うん、なんだろう、ごめん、俺の言い方が悪いのかな」

コミュニケーション難易度がハンパねぇよ水無瀬さん！　飛鳥《あすか》や林檎ほど明確なボケを返すわけでもなく、本人至って真面目《まじめ》そうだから、余計やり辛《づれ》ぇよ！

「すいません、言ってなかった俺が悪いんですが、ギャルゲーの方面でお願いします」

「ああ、彼女も出来ない憐《あわ》れな男のためのゲームですね。それでしたらこちらです」

「ありがとう。ただ、そのギャルゲーに対する認識、今後二度と口に出すな」

なにはともあれ、水無瀬さんに案内されてギャルゲーのまとめられたコーナーに辿り着く。しかし……陳列《ちんれつ》されているものを眺めても、やはり、どれがいいんだか全く分からない。俺は再び水無瀬さんに相談を持ちかける。

「どれがいいんでしょうね」

「現実が一番いいんじゃないですかね」

酷《ひど》い返しを受けた。俺はがっくり肩《かた》を落としながら、それでも喋りかける人がこの人しかいないため、相談を続ける。

「ギャルゲーを選ぶ基準って、なんなんでしょうか。やっぱりイラストでしょうかね」

「メーカーの規模じゃないですか」

「売れ筋のソフトって、何が違うんだろう」

「広告料じゃないですか」

「隠《かく》れた名作っていうのは、どういうのなんでしょうね」

「一部熱狂《ねっきょう》的信者による過剰《かじょう》な持ち上げの結果では――」

「買う気失うわ！」

俺は思わず水無瀬さんを怒鳴《どな》りつけた。初対面の人への態度じゃないが、それ言うならあっちも同じだ！　もう我慢《がまん》ならん！

当の水無瀬さんはと言えば特に気にした様子もなく、しかし相変わらずの鉄面皮をこちらに向けている。

「大丈夫ですお客様、こちらも当初から売る気を失っております」

「それは失うなよ！　たとえバイトだとしても、もうちょっと販売《はんばい》に貢献《こうけん》出来ないか！」

「ではお客様、こちらの棚《たな》全部お買い上げということで」

「なんでだよ！　最早《もはや》それはただの押し売りだ！　買わねぇよ！」

「冷やかしというやつですか」

「一般的《いっぱん》な客だよ！　普通《ふつう》に接客してくれれば、普通に一本買うよ！」

「ではこちらの『東大入試試験過去問ＤＳ』など如何《いかが》でしょう」

「うん、普通に接客はしてくれたけど、ギャルゲーが欲しいという前提はどうなった」

「僭越《せんえつ》ながらこの水無瀬、お客様には娯楽《ごらく》より教養が必要と判断致《いた》しました」

「色々気になるものの、ゲームショップ店員としてせめて娯楽批判はやめないか」

「とんでもない。娯楽批判ではありません、お客様のみに対する侮蔑《ぶべつ》ですよ？」

「もっとやめようか！」

「仕方ないですね……ギャルゲーですか。ではこちらの作品など如何でしょう。当然私はプレイしたことありませんが、名作と名高いソフトでございます」

「そうそう、そういうのが聞きたかったんですよ！」

「ちなみに実は真犯人が主人公という衝撃《しょうげき》のオチでして、最後にヒロインに撃《う》たれて死ぬラストもとても泣けるらしいです」

「そういうのは聞きたくなかったよ！　なんで一番大事そうなとこネタバレしたの!?」

「いや、どこが面白いのか説明した方がいいかなと……」

「そこまではしなくていいよ！　ああっ、くそっ、凄く面白そうなのになぁ！」

「ここまでお客様の心を掴《つか》むゲームアピール……お客様、私は明日《あした》からカリスマ店員を名乗ってよろしいでしょうか？」

「不許可だよ！　とにかく、ネタバレはなしでオススメしてくれないかなぁ！」

「仕方ないですね。……ではこちらなど如何です？　うちの店でよく売れていますよ」

「ほうほう。確かに、女の子の絵が可愛いなぁ。よし決めた、これを買お――」

「ちなみに先日『クソゲー○ブザイヤー』の大賞も受賞致しました、かなりの注目作です」

「不名誉《ふめいよ》な注目じゃねえかよ！」

「まるでお客様ですね、くすくす」

「いや何も上手《うま》くねぇよ!?　ただただ最低な接客でしかねぇよ!?」

「カリスマ店員に対してなんたる言い草でしょうか」

「名乗るなっつったよねぇ!?　ああ、もう、いいや！　自分で探します！」

「なんですか。まるで私に落ち度があるような態度ですね」

「え、現時点まで無いと思ってたの!?……もういい、はいはい、すいませんでした」

「ふん、これに懲《こ》りたら二度とゲームを買わないことです」

「あんた自分の仕事なんだと思ってるんだよ！」

しかし俺の反論虚《むな》しく、水無瀬店員はスタスタ無表情でカウンターに戻《もど》って行ってしまった。な……なんだったんだ。っていうか店長、あれなんで雇《やと》ったんだ。

それにしても、久々に他人とガッツリ喋ったら疲《つか》れてしまった。そして……かなりシャクだが、なんだかちょっと充足《じゅうそく》してしまった。ギャルゲー選びを、とりあえずテキトーに買ってみちゃうかと開き直れるぐらいには、気分が高揚《こうよう》してしまっている。

俺は一つ嘆息《たんそく》すると、とりあえずフィーリングで一番気になったパッケージを持って、レジへと向かったのだった。

……レジでも水無瀬店員とはまた一悶着《ひともんちゃく》あったが、ここに記すのは限りなくだるいので省略。

＊

「ふわぁ……」

月曜日。ショップに行って二日後、俺は登校しながら何度も欠伸《あくび》をしていた。

原因は……言わずもがな、ギャルゲーだ。あれなんだ。世の中、あんなに止め時の無いメディアってあったんだな。オタクっぽいとか敬遠していた自分を殴《なぐ》り飛《と》ばしたい。寝食《しんしょく》忘れるほどハマっちまったじゃねぇかよ。……いやまあ、面白いのは勿論《もちろん》、俺の場合はヒロインが義妹だとか幼馴染《おさななじ》みっつう設定に異常な同調しちまったところもあるんだけど。

なにはともあれ、おかげで睡眠《すいみん》不足《ぶそく》のまま登校だ。正直だるい。だるいが……今日ばかりは、そうも言ってられなかった。

在籍《ざいせき》する一年F組の教室前まで辿《たど》り着《つ》いたところで、一度立ち止まる。

「入学して約一か月、ずっとふて腐《くさ》れた態度とってたからな……」

そう、決して悪意あってのことではないとはいえ、今までの俺は幼馴染みと義妹に関することで心が一杯一杯《いっぱいいっぱい》で、他人のことが眼中になさすぎた。……ちっこい副会長さんに会うまでは。

あれから久々にまともな休日（ギャルゲーで二日潰《つぶ》しただけだが）を経て、改めて考えると、今までの俺は、自分を見失い過ぎていた。クラスメイトに申し訳無い想《おも》いで一杯だ。

なので。

「今日が俺の、本当の高校デビューだ！」

気合いを入れ直し……いざ、戸に手をかける！　髪《かみ》も髭《ひげ》も整えた！　肌《はだ》の調子もそこそこ取り戻した！　なにより生気が戻っている！　大丈夫《だいじょうぶ》！　いけるさ！

俺は思いきり戸を引くと、満面の笑みでクラスに声をあげた！

「おっはよう！　クラスのみんな！」

『…………』

大方《おおかた》予想通りの、沈黙《ちんもく》&キョトーンだった。わ、分かってるさ、俺だって。クラスメイトのキャラが休み明けに急に変わってたら、俺だって引く。でも……恥《は》ずかしいのがなんだ！　今まで腑抜《ふぬ》けてた俺が悪いんだ！　遅《おく》れは絶対に取り戻してみせる！

「おはようおはよう、みんな。今日も元気？　俺は元気だぜ、あははははは」

『…………』

……うん、冷たい視線というよりは、「え、えー」みたいな、気持ち悪い生温《なまぬる》さの視線による集中砲火《ほうか》だ。俺は俺で、まだ元気が空回《からまわ》りして不自然だし。……まあ、そのうち馴染むだろう、うん。

俺はヘラヘラしながら自分の席に向かう。途中《とちゅう》、数人は戸惑《とまど》いながら「お、おはよ」と言ってくれたものの、大多数はこちらを見て戸惑い、ひそひそ会話していた。……ま、しゃーねーわな。

自分の机に鞄《かばん》を置き、まあこれから頑張《がんば》っていけばいいかと決意を新たにする。――と、

「なにそれ、気持ちわるっ」

そんな気分に一瞬《いっしゅん》で水を差す言葉。流石《さすが》にちょっとムッとして声の主を確認すると、それは俺の隣《となり》の席の女生徒だった。……正直名前は覚えていないが、今までもなんか印象悪かった女だ。俺も人のことは言えないが、こいつはこいつで、自分の容貌《ようぼう》が多少麗《うるわ》しいからなのか、他人を見下したような態度をとっていた……ような気がする。

とはいえ、別に女とケンカする気もない。俺は席につきながら「いいだろ、別に」と軽く流してみる。しかし、女生徒はまだつっかかってきた。

「なに、不良が内申点《ないしんてん》のことでも気にしだしたのかしら？　なんにせようっざいわよ、その変わり身よう」

「なんだよ、別に迷惑《めいわく》かけてないだろ」

「いいえ迷惑よ。気持ち悪い。不快だわ」

「……んだと」

いい加減イラついてきた。前向きになり始めたとはいえ、まだ俺の中ではクサクサした気分が尾《お》を引いている。こういうことがあると、割と簡単に火が付いてしまう。

椅子《いす》を体ごと隣に向ける。女もまた、受けて立つようにこちらを向き、不遜《ふそん》な態度で足を組んだ。

「昨日までのアンタは周囲が挨拶《あいさつ》しても気のない返事、隣の私のことも基本無視のすかしたヤツだったじゃない。そんなのが急にニコニコしても、皆怖《みんなこわ》がるだけって分かんない？」

「う……」

それは……そうかもしれない。だけど、だからって、俺が前向きになっちゃいけないなんてこたぁないはずだ。それに、正論だとしてもとにかくコイツの態度は気に食わん。

「それは悪かったと思うけど、今日から反省して元気になっても、いいじゃねーかよ」

「良くないって言ってるでしょう。ねぇアンタ、自分をこの世界の主人公だとか勘違《かんちが》いしているクチでしょう」

「…………」

……正直、返す言葉が無かった。相変わらずコイツに言われる筋合いは無いものの……最近の自分を振《ふ》り返れば、なるほどそういうフシがあったかもしれん。飛鳥や林檎と離《はな》れるハメになった自分を可哀想《かわいそう》だとか思っている自分が確かに居《い》て。そんな事情、クラスメイト達には関係無いのに。俺は、自分の勝手な理由で、勝手な態度をとりつづけたわけで。

俺はイライラを鎮《しず》めるため小さく深呼吸し……そして、女生徒の目を真摯《しんし》に見る。

「……あんたの言う通りかもしれない。……うん、それは、悪かった。謝る。この通り」

頭を下げる。すると女生徒が「う」と一瞬引き、同時に、クラスメイト達にも動揺《どうよう》が広がったのが分かった。

頭を上げると、女生徒は「ふん」と気まずそうに椅子を元に戻し、俺と向き合うのをやめて机にひじをつく。

「……一つだけ言っておくけど。この世界の主人公は、決してアンタじゃないんだから」

「ああ、分かってる。そうだよな。皆色々な事情があって、それでも笑顔で――」

そう反省しようとしていた矢先。女生徒は「はぁ？」と首を傾《かし》げた後、なぜか唐突《とうとつ》に自分の椅子の上に立って、クラスに響《ひび》き渡《わた》る声で宣言してきた！

「この世界の主人公は、この私、星野巡《ほしのめぐる》だってことを弁《わきま》えなさいって言っているのよ！」

「……は？」

ぽかんとする。……俺だけ。クラスメイト達は、驚《おどろ》くほど冷静に談笑を続けていた。

……え、なにこれ、なんで皆そんな感じ？　え？　もしかしてコイツのこういう行動って、いつものことなの？　え？　俺の隣の席、もしかしてハズレなの？

「ねえちょっと聞いているのアンタ！」

「は、はい」

「まあいいわ。改心したと言うんだったら、丁度《ちょうど》いい。アンタ、私の下僕《げぼく》になりなさい」

すとんと自分の席に座り直し、また足を組んでニヤリと笑う。……あ、やべ、これ確実に変な人だ。うん。ある意味病み上がりの俺には辛《つら》い。……関《かか》わらないようにしよう。

「いえ結構です」

「ああ、そう、やっぱり改心は嘘《うそ》だったと、そういうことなのね」

「なんでだよ。善良な人間は全員お前の下僕になるべきだとでも——」

「巡」

「は？」

「名前よ名前。星野巡。まあ星野は芸名だし、本名は……えーとちょっとあれだから」

「ああ、じゃあ巡と呼ばせてもら——」

「姫《ひめ》と呼んでいいわよ」

「呼ぶかっ！　俺今日から一体どうしたのかと思われるわ！」

「なによ、私の下僕に就職という光栄な誘《さそ》いを……まさか、断るとでも言うの？」

「なにがまさかなんだよ！　普通《ふつう》に断るわ、んなもん！」

「……仕方ないわね。アンタがそういう態度なら……」

そう呟《つぶや》くと、なぜか女生徒……じゃなくて姫……じゃなくて巡は、唐突に自分の後ろの席である男子生徒の机を叩《たた》いた。なんだか気怠《けだる》そうな態度をとる彼に対し、巡は俺に目を向けたまま叫《さけ》ぶように告げる。

「守《まもる》、やっておしまい！」

「やるかっ！」

今まで気怠そうだった男子生徒が立ち上がって抗議《こうぎ》する。お、意外と背高い男子だな……顔も凛々《りり》しく、なんだかちょっと強そうだ。まさか……。

「お前、まさかこの巡とかいう女の手下か！　畜生《ちくしょう》、悪魔《あくま》に魂《たましい》売りやがって！」

「違《ちげ》ぇよ！　オレはコイツの弟だって——」

「義弟！　こんな女と義姉弟《ぎきょうだい》の契《ちぎ》りまで交わすたぁ……てめぇにプライドはねぇのか！」

「義理じゃねえよ！　普通に姉弟だって！」

「なんてこった、完全に洗脳済みじゃねぇか」

「だから違ぇって！」

手下らしきクラスメイトが吠《ほ》える中、巡が不敵に微笑《ほほえ》む。

「そうよ、この男は私の忠実な部下！」

「姉貴！　状況《じょうきょう》ややこしくすんなよ！」

「くっそ……俺が腑抜けている間に、うちのクラスはこんな悪女に支配されていたのか！」

「おっほっほっほ、さあ、えーと、す、す、す……」

「杉崎《すぎさき》だ。杉崎鍵《けん》。それが、お前を倒《たお》す者の名だ」

「そう、杉崎鍵。どう？　私の下僕になる気になった？」

「はんっ、誰《だれ》が！　俺は絶対、お前達を倒してこのクラスを解放してみせる！」

「いやオレは倒さないでくれるかな！　こっち派じゃねえって、オレ！」

「ん？　そうなのか？」

　巡の手下が何か気になることを言い出したので訊《たず》ねると、しかし、彼に代わるように巡が答えてくる。

「ふ、『オレに戦いを挑《いど》むだなんて無謀《むぼう》にも程がある』と彼は言っているのよ」

「な、なんだと!?」

「言ってねぇよ！　っていうかおいこら杉崎鍵、なんで普通に姉貴の言うことを信じる!?」

「なにせ守は……超能力者《ちょうのうりょくしゃ》なんだからね！」

「な、なんだってぇ――――!?…………いやいや、そりゃあ流石に……なあ？」

これは嘘だろうと手下に確認をとると、彼はなぜか気まずそうな表情で答えてきた。

「……い、いや、まあ、そりゃあそうなんだが……」

「なんてこった、完全に洗脳済みじゃねえかよ」

「いや頭おかしいわけじゃねーって！」

彼をドン引きして眺《なが》める。可哀想に。自分が超能力者だなんて思い込んでやがる。

……それもこれも全部。全部全部、この悪女のせいかっ！

俺はいよいよヒートアップして席から立ち上がり、ダンッと足を鳴らして、更《さら》には彼女に人差し指を突《つ》きつけて宣言する。

「俺はっ！　お前にだけは絶対負けないからな！」

すると、受けて立つといった様子で彼女……巡も立ち上がり、俺に激しくガンつけてくる！

「おうおう、よく言ったわ杉崎鍵！　この私……これからトップアイドルになろうという稀代《きだい》の逸材《いつざい》、星野巡に喧嘩《けんか》売るたぁっ、覚悟《かくご》出来ているんでしょうね!?」

「やったらぁ！　手下含《ふく》めて蹴散《けち》らしてやんよ！」

「やれるもんならやってみなさいよ！　まずは守からね！」

二人、顔を間近に近づけて火花をバチバチと散らす。

その脇《わき》では、手下が一人、なんだか泣きそうな顔で情けなく呟いていた。

「なんで……なんでオレはいっつも無駄《むだ》に巻き込まれるんだよぉ……うぅ」

泣くな手下君。キミの洗脳は、俺が必ず解いてやるからな！　待ってろよ！

○　夏～能力パラメータ（10点満点）　学力4　運動5　根性7　体力8～

「杉崎君、ばいばーい！」

「おう、また明日《あした》な！」

クラスメイトの女子に満面の笑みで手を振る。そんな俺の隣では守が「しっかし」と呆《あき》れた様子だ。

「お前本当にそっちが素だったんだな。春先のキャラはなんだったんだよ」

「ああ、まあ気にすんなよ。あの頃《ころ》は心がちょっとまいっていて、周囲が目に入ってなかっただけだから」

「んだよそれ。キャラ変わる程の事なんて、ちょっとどころか相当な――あー、まあいいや」

守は一瞬《いっしゅん》何か聞きたそうにしたが、頭をボリボリと乱暴に掻《か》くと自分の鞄《かばん》に手を伸《の》ばした。……まったく、俺はなんて碧陽《へきよう》での友達に恵《めぐ》まれているんだろうな。

「じゃオレは帰るけど……お前、今日もまだ帰んねーの？」

守が訊ねてくる。ちなみに俺の宿敵、巡は既《すで》に帰宅済み……というか、出発済みだ。今日も東京でアイドルの仕事があるらしい。

「…………」

正直、どんどん差をつけられている。出逢《であ》いこそ最悪だったが……アイツは、確かにすげぇ。目標をこれと決めたら、そこに迷わずガムシャラに突き進んでいる。それに比べて俺はと言えば……。……先日同じ学年の生徒会役員、椎名深夏《しいなみなつ》に会いに行った時のことを思い出し、思わず苦い顔をしてしまう。――と、流石《さすが》に守に見とがめられてしまった。

「なにしけたツラしてんだよ。よくわかんねーけど、まあお前もよくやってる方じゃねーの？」

あまりに適切な慰《なぐさ》めの言葉に俺は一瞬驚《おどろ》いたものの、すぐに察して応じる。

「珍《めずら》しくまともに超能力使ってんな」

「違ぇよ。んなもん使わなくても、顔見りゃ分かるっつーの」

……まったく、いい友達だよお前は。いい友達すぎて、ちょっと腹立つぐらいだ。

守は特に面白くも無さそうに顔を逸《そ》らすと、そのまま俺に背を向けて歩き出した。

「じゃあな。いっつもなにしてるか知らんけど、お前も早く帰れよー」

「おう、また明日な」

手をぷらぷらと振《ふ》って守が出ていく。……まったく、俺はそんなに分かりやすいかな。

「さて、今日も行くか」

守を最後に、自分の仲の良いメンバーが大体帰ったのを見計らって、俺はようやく動き出す。正直なところ、自分がバイト以外の日に学校に残っている理由を、あんまり人に知られたくないのだ。というのも――。

「……こんな俺が『日々図書室で猛勉強《もうべんきょう》』だもんなぁ」

人気《ひとけ》の少ない廊下《ろうか》を歩き図書室の前についたところで、思わず苦笑いをする。いや、別に秘密主義のつもりはないし、バレたらバレたでどうということでも無いんだけど。ただようやく築いた「軽いお調子者」っていう立ち位置が変に揺《ゆ》らぐのはイヤっつうか。

……まあ、昔から自分の努力を他人に見せたくない性分っつうのもある。それもこれも、飛鳥のせいだ。アイツ、俺が多少真面目《まじめ》にしてたらすぐ馬鹿《ばか》にしてきたからな。その上飛鳥自身が割と「涼《すず》しい顔して万能」っつうイヤなヤツだったんで、それに対抗《たいこう》していた俺も自然とそんな「白鳥スタイル（一見優雅《ゆうが》だが水面下で超《ちょう》バタ足）」が身についてしまった。これぱっかりは仕方ない。

「失礼しまーす」

一応小声で挨拶《あいさつ》しつつ図書室に入ると、カウンターの図書委員さんに笑顔で会釈《えしゃく》されてしまった。……恥《は》ずかしい。まあここまで常連だと仕方ないか。

なにはともあれ、自分のいつもの定位置に着き、教科書とノートを広げてテキパキと勉強を開始する。

「…………」

受験勉強でさえ発揮しなかったレベルの集中力で勉強に取り組む。別に赤点があるわけでも、いい大学に行きたくなったわけでもない。まして、勉強が好きになったり、心から真面目になったわけでもない。

ただ、誇《ほこ》れる自分に成りたくなった。

春に出会った小さい副会長。同じ学年の生徒会役員、アイドル業に勤《いそ》しむクラスメイト。それに……なにより、ここ数か月プレイしまくっているギャルゲーの主人公達。

俺は、彼ら、彼女らに、成りたかった。

……本当は、もう遅《おそ》いのかもしれないけれど。彼らを見る度《たび》に、胸の奥《おく》から「俺が、もっとしっかりしていれば」という悔恨《かいこん》が滲《にじ》んでくる。いてもたっても、いられなくなる。だから。

無駄だとしても。

何かに打ち込まずには、いられなくて。

「…………」

他人の視線を感じる。仕方ないことだ。図書室で、いくらなんでもこんなに鬼気迫《ききせま》った姿勢で勉強に取り組んでいるヤツなんて、かなり気味悪いことだろう。雰囲気《ふんいき》を剣呑《けんのん》にしてすまないとは思うが、それでも俺は、ここで勉強するのをやめるわけにはいかない。

……ここだけの話、図書室でこれだけ集中力を高めているのには、現実的な理由もある。

第一に、うちはギャルゲーや漫画《まんが》だらけで勉強にならない。

第二に、バイトもギャルゲーもガッツリやっているもんだから、とにかく時間が無い。

というわけで、俺は放課後、図書室が閉まるまでの間に、周りの何もかもが見えなくなる勢いで集中力を高めて一気に勉強する必要があるのだ。

まあ普《ふ》通《つう》に高成績を取るだけなら、流石にここまでしなくてもいい。だけど今の俺には……漠然《ばくぜん》とだけど、目標、みたいなものがあって。

それは——

「あなた、優良枠《ゆうりょうわく》でも狙《ねら》っているんですか？」

丁度《ちょうど》俺の思考に合わせたかのような言葉に、集中が途切《とぎ》れて声の方を振り向く。

長身の女生徒が俺を見下ろしていた。夕陽の逆光で影《かげ》になる顔、しかし対照的に光る眼鏡《めがね》——と、そのたたずまいは妙《みょう》に威圧《いあつ》的だ。

「何年生ですか？」

唐突《とうとつ》に訊ねられる。

「はい？　いや、一年ですけど……」

「そうですか。一年生で、優良枠を狙っていますか」

「はぁ、まぁ、一応それはそうなんですが……」

これはまだ自分の中で明確に意識はしていない目標だったため、ハッキリしないモヤモヤした答えを返してしまった。しかしどうやらそれが気に食わなかったらしく、女生徒は先程より一層冷ややかな声色《こわいろ》で告げてきた。

「中途半端《ちゅうとはんぱ》な覚悟ならやめた方がいいです。そういうの、割と目障《めざわ》りですよ」

「……は？」

一瞬、何を言われたのか分からなかった。しかし彼女が背を向けて去ろうとする段になって「どうやら理不尽《りふじん》に絡《から》まれたらしい」ということに気付き、慌《あわ》てて立ち上がり、呼び止める。

「ちょ、なんなんだよ一体！　いいだろ別に、俺が勉強したって！」

俺の言葉に、彼女はかったるそうに振り向く。その顔は予想通りの鉄面皮で——って。

「……あれ？　どっかで会ったことあるような……」

「怪《あや》しいお薬やってた時じゃないですか」

「幻覚《げんかく》とかじゃねえし！　っていうかやってねぇよ、怪しいお薬！——って」

この顔とこの異様に冷めたテンション。思い出した！

「ゲームショップ店員！」

「図書室では静かにした方がいいと思います」

相変わらず冷静に、しかし正論で返されてしまった。俺は周囲の利用者に謝った後、彼女をちょいちょいと手招きして自分の隣《となり》に座らせる。彼女……確か水無瀬は、心底だるそうに着席した。

「なんでしょうか。私、犯されるんでしょうか、ギャルゲー購入者《こうにゅうしゃ》さん」

「うん、お前のギャルゲーに対する認識本格的に改めろ！……じゃなくて、アンタ、ここの生徒だったのか」

「学校を知られてしまいました。ボディーガードを雇《やと》わなければですね」

「お前の俺に対する認識はもっと改めろ！」

と、そこまで強めにツッコンだところで、ふと「こいつ先輩《せんぱい》なんじゃね？」という恐《おそ》ろしい可能性に気付く。いや、店員として会った時から年上の可能性はあったんだが、あん時はほら、客と店員だったし、態度が態度だったしさ。しかし、学校の直の先輩となると、こういう態度はまずいかもしれん。

俺は、唾《つば》をごくりと飲んで訊《たず》ねた。

「あの……水無瀬さんや。貴女は、もしや二年生や三年生の先輩様だったり……」

「ようやく気付きましたか、…………、ギャルゲ太郎《たろう》さん」

「杉崎です。しかしやはり先輩でしたか！　今まで舐《な》めたクチのきき方して、すいませんでした！」

「うん、反省する人は嫌《きら》いじゃない。許してあげます、杉崎一年生」

「ありがとうございます！」

「これから同じ一年生として仲良くしてくれたら嬉《うれ》しい」

「タメじゃねえかよ！」

激昂《げっこう》して思わず立ち上がる！　しかし図書委員の方から「しーっ」とされてしまったので、周囲に頭を下げてしぶしぶ座り直した。

「くっそ、長身と不遜《ふそん》な態度で惑《まど》わされた！　まさかこんな同学年がいるとは！」

「私も、同学年に性犯罪者がいるとは驚《おどろ》きです」

「誰《だれ》のことだよ！　っていうかお前の俺に対する認識ってなんなの!?」

「恋人《こいびと》」

「どんでん返しっ！」

「にするぐらいなら切腹するランキング一位」

「二段構え！」

「に迫《せま》る勢いの二位」

「いらん補足！　それならなんか一位が良かった！　誰なんだよ一位！」

「ではごきげんよう」

「恐るべきタイミングでの帰宅！　ま、待てよ水無瀬！」

「逮捕状《たいほじょう》はあるのですか？」

「任意同行だけども！　そんなに俺と喋《しゃべ》るのは苦痛ですか⁉」

「苦痛か苦痛じゃないかと言えば。…………………。……ひっく、ひっく」

「そんなに苦痛⁉　っていうか嘘泣《うそな》きだよねぇ⁉」

「嘘か嘘じゃないかと言えば嘘ですが、それが何か」

「開き直った！　と、とにかく付き合ってくれよ！」

「嬉しい。私も貴方《あなた》のことずっと好きでした」

「なんの話⁉　いやそういう意味での付き合ってくれじゃねーよ！」

「残念。嘘だけど」

「嘘つき○ーくんか！　とにかく、あとちょっと会話に付き合ってくれって言ってんの！」

「それはお断りします」

「複雑な乙女心《おとめごころ》！　いやもうこういうやりとりの時間がむしろ無駄《むだ》じゃねーの？」

「…………。……貴方との会話で初めてまともな意見を聞いた気がします」

「そんなに俺は変なこと言ってますかねぇ！」

というわけで、なんだか無駄に疲《つか》れるやりとりを経て、水無瀬を引き止めた。

……まあ、ただの一回あっただけのゲームショップ店員ならここまでしない。わざわざ引き止めた理由はただ一つ。

俺は、水無瀬に向き直って、真摯《しんし》に訊ねる。

「なんで、水無瀬に優良枠目指すのを否定されなきゃいけないんだよ」

少しキツイ言い方になってしまったが、俺にだって様々な事情がある。なにも知らない水無瀬にそんなこと言われる筋合いは無いと思っていた。

しかし、水無瀬は全く表情を変えることなく、いつも通り淡々《たんたん》と答える。

「なにか不快に思われているようですね。私は善意から注意を促《うなが》しただけだったのですが」

「は？　人の頑張《がんば》りに水を差すのが善意かよ」

「いえ、無駄な努力を早めに切り上げさせるのは善意だと思っているだけです。ゲームショップで例えますと、幼稚園児《ようちえんじ》が信○の野望買おうとしていたら一旦《いったん》止めますでしょう？」

「……俺が優良枠目指すのは、そんな風に言われるようなことなのかよ」

段々本気でイライラしてきた。

水無瀬はそんな俺の表情に少し辟易《へきえき》した様子で、今度は問答無用に立ち上がり、俺に背を向けながら淡々と続ける。

「優良枠。年度末試験のトップ成績者に与《あた》えられる、生徒会に優先的に入れる権利」

「？　そんなの知ってるよ。それがどうしたって……」

「今年の一年生の、前回のテストでのトップ成績。知っていますか？」

「さ、さあ。それはよく知らないけど……」

首を傾《かし》げる俺に、水無瀬はあくまで淡々と告げる。

「満点です。全教科、満点をとって、トップに立っています」

その情報に。俺は、正直なところ……完全に心が折れかけてしまった。やべぇ。なんだ満点って。おかしくね？　そんなヤツこの世にいんの？　頭おかしいんじゃね？　いや、頭いいのか。

しかしそういう感情を態度に表すのもシャクだ。俺はあくまで平静を装って応じた。

「へ、へー、満点ねぇ。まあ、たまにはそういうまぐれ奇跡《きせき》もあるんだろうな、うん」

「申し訳無いですが、まぐれではないですし、それにこれからもトップは常に満点ですので、優良枠狙《ゆうりようわくねら》うのはやはりよしておいた方がいいと思います。では」

そう言って水無瀬は本当に去って行く。俺は慌てて……図書室だというのにまた大きな声で、疑問を投げかけてしまった。

「なんでお前にそんなこと分かるんだよ！」

その、俺の問いに対して。

水無瀬は問答無用に図書室を出て、廊下《ろうか》側から戸をしめつつ、こちらをいつもの鉄面皮で見つめた。

「いえ、そのトップは私、水無瀬流南《るな》だという話で」

告げると同時にピシャリと閉まる戸。

…………………。

俺の人生に、凶悪《きょうあく》なラスボスが現れてしまった。

○ 秋〜能力パラメータ（10点満点） 学力7 運動8 根性9 体力3〜

「……女の人っていいよな……」

とある秋の日の休み時間。ぽけーっとそんなことを呟《つぶや》いていると、すぐ近くに居た巡があからさまな軽蔑《けいべつ》の表情を向けて来た。

「いよいよ変態度が増してきたわねアンタ。一回本格的にシメたほうがいいのかしら」

「なあ、巡。知ってるか。女の人って、優しくて、いい匂《にお》いがして、柔《やわ》らかいんだ」

「ていっ」

なんの前触《まえぶ》れもなく巡に殴《なぐ》り飛《と》ばされた。椅子《いす》からド派手に転げ落ちるものの、正直日常茶飯事なのでクラスの誰も振《ふ》り向《む》かない。俺もまた特に驚くこともなくヘラヘラしたまま席に戻《もど》ると、巡がゴミを見るようないつもの目で告げてくる。

「優しくて、いい匂いがして、柔らかかったかしら？」

「ははは、何を言っているんだ巡は。馬鹿《ばか》だなぁ。俺は今女の人の話をしているんだぞ？」

「特盛り一丁《いっちょう》入りましたぁ」

というわけでいつも通りアイドル業でストレス溜《た》まりまくりの巡にしばき倒《たお》されるも、俺は相変わらず笑顔だった。

……聖母のような人だったなぁ、紅葉《あかば》先輩。

先日保健室で出くわした生徒会役員さんのことを思い出す。何度思い出しても口元が緩《ゆる》む。これだけでどんぶり五杯《はい》はいける。巡の若干《じゃっかん》ギャグを越《こ》えた暴力も気にならない。

ボコスカ殴られながらも「女の人はいいなぁ」と改めて呟いていると、なんとすぐ近くからそれに同調する声が上がった。

「だよなぁ。女はいいよなぁ、杉崎」

守だ。いつの間にか俺と巡の席（最悪にもまた隣《となり》同士）の傍《そば》にやってきていた守が、俺と同じように宙を見つめてぽかんと呟いている。

「う、うちの男どもはぁ！」

巡が更《さら》にボルテージを上げてしまっているが、俺や守はそんなもの聞いちゃいない。

ちなみに守のやつは、なんだか最近好きな女性が出来たらしい。曰《いわ》く、優しくて包容力があって笑顔が素敵《すてき》な女性なのだとか。よくは知らないが、姉のせいで半分女性恐怖症《きょうふしょう》の守が好きになるぐらいなのだから、さぞかしお淑《しと》やかな令嬢《れいじょう》なのだろう。

二人、それぞれに女性を想《おも》い、更には巡を完全に視界から外して、同時に呟く。

『女って、いいよなぁ』

「星野巡、武力介入《かいにゅう》を開始する！」

というわけで二人とも巡に激しくしばき倒されながらもへらへら笑い続け、クラスメイト達はちょっとした惨劇《さんげき》の場を何事もなかったかのように避《さ》けて通っては、それぞれ授業の準備や談笑に励《はげ》んでいる。

本日の一年F組もとても平和だ。

＊
「とはいえ、今のままじゃやべぇわけで」

バイト帰り。俺は街を歩きながらも一人呟いていた。当然ながら生徒会役員への当選、優良枠のことである。

「そこそこいい線来ているとは思うんだけど……なぁ」

買い物のためいつもの帰路ではない道を歩きながらぶつぶつ。

「しかし……相手が相手だからなぁ」

秋の中間テストの結果。あれで俺はすっかり打ちのめされてしまっていた。

いや、俺だけの出来で言えば過去最高、教師もびっくりするぐらいの急成長ぶりだったんだが。あくまで優良枠を狙う俺からしてみれば、ちょっとした好成績ぐらいにはなんの意味も無いわけで。

そしてなにより厄介《やっかい》なのが……。

考えながら目的の店内に入り、すっかり顔馴染《かおなじ》みになってしまった店員に声をかける。

「よ、水無瀬」

「ああ、これはこれは、私の今最も軽蔑している同学年、杉崎君じゃないですか」

この秀才《しゅうさい》鉄面皮は今回も当然の様に満点を取りやがったわけで。

俺は最初の頃《ころ》と違《ちが》い、迷い無くギャルゲーコーナーを目指すと目的の新作ソフトを手に取ってすぐさまレジに向かう。そんな俺のいつもの動きを熟知《じゅくち》している水無瀬もまた、商品整理も程々にレジへと戻ってきた。

「毎度ありがとうございます。定価に私の手間賃を加算して二十三万円です」

「はい、六千九百八十円ピッタリ」

いつもの水無瀬節をスルーして金を渡《わた》す。水無瀬もまた特に文句を言うこともなく受け取り、普通《ふつう》にレジを済ませていた。いよいよよく分からない関係になってきたが、まあ最初から水無瀬自体がよく分からない女なので今更でもある。

俺は商品を受け取ると、店内に客が居ないのを確認して少し雑談を持ちかけた。

「なんかこのショップ、いっつも俺以外に客いなくないか？」

「ご心配無く。貴方《あなた》以外にあと一人だけ、常連客の女の子がいますから」

「一人かよ。おいおい大丈夫《だいじょうぶ》か、そんな客少なくて」

「なに言ってるんですか。だからここでバイトしているんじゃないですか」

「何を堂々と……」

そんなやりとりをしている間にも、水無瀬はレジの中でパイプ椅子に腰掛《こしか》けてなにやら参考書を開いていた。……勘弁《かんべん》してくれ。ただでさえ頭の出来が違うのに、その上努力されたんじゃたまったもんじゃない。

「お前、それ以上勉強してどうすんだよ」

「愚問《ぐもん》ですね。トップを取るだけですよ」

「なんのために」

「それこそ愚問です。競争で他人に勝ちたいという気持ちに、理由なんていりますか?」

「ぐ……」

思わず詰《つ》まってしまう。くそ……確かにその通りなんだが、今や是《ぜ》が非《ひ》でもトップを取って優良枠を手に入れたい俺からしてみれば、彼女のスタンスと実力はどうしたって鼻についてしまう。彼女が何も悪く無いのなんて、頭では百も承知なんだけどな……。既《すで》に商品を受け取っているものの、ついつい居残って突《つ》っかかってしまう。

「なあ水無瀬。お前そんだけ頭いいなら、なんで碧陽に来たんだよ」

「……どうも貴方は何か根本的に勘違《かんちが》いしているようですね」

「え?」

ぽかんとする俺に、水無瀬は参考書を閉じながら語りかけてくる。

「私は元来あまり頭が良くありません」

「はい？」

「だからこそ碧陽学園に居ますし、一生懸命《いっしょうけんめい》勉強もしますし、一位が嬉《うれ》しいのです」

「…………」

「そして、だからこそ私はこれからも満点を取れると思います。それだけです」

「…………」

言葉を失う俺に、彼女は……いつもより更に冷たい視線を向け、言い放つ。

「少なくとも、拘束《こうそく》時間の長いゲーム、その決して安くはないゲームを買うための過剰《かじょう》なバイト、更には必要以上の人付き合いもしくは人助けに奔走《ほんそう》する人間に、最低限生活費を稼《かせ》いでいるとはいえ、他を全《すべ》て勉強につぎ込んでいる私が負ける道理は、無いと思います」

「それは……」

「……だからいつも言っているのです。成績トップだけは、早めに諦《あきら》めた方がいいと」

水無瀬はそれだけ告げると、もう語るべき事は無いとばかりに再び参考書を開き、俺に一瞥《いちべつ》さえくれない。彼女の態度を受け……俺もまた、かろうじて「……じゃあな」とだけ声に出し、背を向けて店を出る。

「…………」

空を見上げる。曇《くも》っていて星どころか月さえ見えない。

「……今のままじゃ、どう足掻《あが》いたって勝てそうに無い、か」

覚悟《かくご》が足りない、と思った。

水無瀬の言う通りだ。頭の出来がどうこうなんて、下らない理由じゃない。そもそも勉強量が圧倒的《あっとうてき》に負けている自分が、水無瀬に勝てる道理なんかない。当たり前だ。何を寝《ね》ぼけたことを言っているんだ俺は。

〈パァンッ!〉

周囲の通行人も振り返るような勢いで、両頬《りょうほお》を叩《たた》く。少なくとも三日間はヒリヒリしそうなほど痛いが、これぐらいで丁度いい。

「思いあがってんじゃねぇぞ杉崎鍵。俺の方が優良枠《ゆうりょうわく》にかける想いが強いだって? んなもん、行動に顕《あらわ》れてなきゃ一ミリの価値もねぇだろうが」

馬鹿か、俺は。

どうしたい。水無瀬にあんなこと言われて……俺はそれで、諦めるのかよ。

「……それでも、優良枠が欲しい」

当然だ。しかし、今までとは少し違う。

飛鳥や林檎への償《つぐな》いとか。生徒会役員への憧《あこが》れとか。優良枠への執念《しゅうねん》とか。そんなごちゃごちゃした理由だけじゃなくて。

単純に。

心から。

勝ちたい。

この競争に、勝ちたい。

トップに成りたい。

なにより。

水無瀬に……勝ちたい。

あの、俺の何歩も先を行くライバルに。

勝ちたい。

勝ちたい。

勝ちたい。

「……勝ちたい」

購入《こうにゅう》したゲームの袋《ふくろ》を力いっぱい握《にぎ》りしめる。

ゲームをやめるか？　いや、それはそれで違う。俺は頭のいい男になりたいんじゃない。女の子を幸せに出来る男になりたいだけだ。だったら、たとえ現実的じゃなくたって、複数の女の子を幸せにするヤツらの話は、出来るだけ仕入れるべきだ。

バイトを減らすか？　いや、それも無理だ。現時点で十分切り詰めて、これだ。っていうか先日少し食費をケチり過ぎて貧血を起こしてしまったばかりだ。ゲームを減らす気も無い以上、収入を減らすわけにはいかない。

だったら、どうする。

…………。

「……まあ、そうなるわな」

正直、あまりいい選択肢《せんたくし》じゃない。が、背に腹は代えられない。なんせ……。

「あの水無瀬に勉強で勝とうってんだ。生半可じゃあいられないわな」

俺は決意を新たにすると、強く歩を踏《ふ》み出す。

良くも悪くも、今や水無瀬は俺にとって目標とする生徒会の具現だった。

○冬〜能力パラメータ（10点満点）　学力9　運動10　根性10　体力0〜

「うー、寒い、眠《ねむ》い、腹減った、頭痛い、足痛い、関節痛い、気持ち悪い」

地獄《じごく》のような気分で夜の街を歩きつつ、それでも気を緩《ゆる》めることなく周囲を注意深く見渡す。

……事前に出来る事は全部やった。俺の交友範囲《はんい》内で協力して貰《もら》えそうなヤツには全部声をかけた。金さえありゃあ探偵《たんてい》の一人でも雇《やと》えたんだが、生憎《あいにく》今はバイトの給料日前。そんな余裕《よゆう》は流石《さすが》に無い。

「へへへ……俺、あいつ見付けたら、すぐ家に帰って暖かくして寝るんだ……」

安い死亡フラグを立てながらも、気力だけで歩を前に進める。

しばしフラフラと歩いたところで、ふと、自分が行きつけのゲームショップ前に居《い》ることに気付いた。「あいつがこんなとこに居るはず無いか」と前を通り過ぎようとするも刹《せつ》那《な》、そういえば電話番号は知らないし友達と呼べるのか怪《あや》しいけど、ここにも知り合いが居たことに気付き、足を止める。

「……体力低い時に会いたい人間じゃあねえが……」

ＨＰが真っ赤かつ状態異常でラスボスに対峙《たいじ》する勇者がどこに居る。

「……でも、そうも言ってられないか」

まあ戦うわけではない。そう思い直し、俺は気怠《けだる》さを押《お》して入店した。

相変わらず閑散《かんさん》とした店内に、大きく声をかける。

「おーい、水無瀬さんやーい」

「あ、これはこれはギャルゲー業界のいいカモ、杉崎大明神君ではありませんか。……？あれ？　どうかしましたか？　常に最低点の気持ち悪さですが、今日は限界突破《とっぱ》してより一層気持ち悪いですね。殺虫剤《ざい》でもかけられましたか？」

二秒で入店を後悔《こうかい》した。ラスボスともなると、言葉だけで充分《じゅうぶん》殺されかねない。

流石の俺でもこいつと巡に対してだけは未《いま》だに女好きスキルを発揮できない。テンションが低いまま、すぐに本題を持ち出すことにする。

「なあ水無瀬。お前、巡、見かけなかったか？　アイドルの星野巡」

「？　杉崎君、いつ二次元キモオタから三次元アイドルストーカーへとクラスチェンジしたんですか？」

「いやそこ、上位交換《こうかん》じゃねぇから」

「……そこしかツッコマないなんて、いよいよ本調子じゃなさそうですね」

「そう思うならもうちょっと優《やさ》しく接してくれないかな」

「少し待っていて下さい、今大量の睡眠薬《すいみんやく》を持参します」

「うん、お前の歪《ゆが》んだ優しさはやっぱり要らない。本題聞いてくれ」

「なるほど、それは杉崎君が悪いと思います」

「大体で対応すんな！　っつうかお前は俺をどんどん嫌《きら》いになってないか⁉」

「杉崎君……私……こんなの、あなたが初めてなんです。溢《あふ》れ出る気持ちが、もう、止められないんです！」

「そういうセリフこの流れ以外で言ってくれないかな！」

「なんですか杉崎君、私のこと好きなんですか？　それならそうと言っておいて下されば、こちらはこちらでもう少し気の利いた、攻撃《こうげき》力の高い暴言を吐《は》けましたのに」

「お前は俺になんの恨《うら》みがあるんだよ！」

「え、杉崎君は、ゴキブリを殺すのにいちいち理由を見出すんですか？」

「お前本当の意味でラスボスすぎるだろう！」

「すいません、流石に冗談《じょうだん》です」

「そうだろうよ」

「ゴキブリさんに失礼ですよね」

「お前は確実に俺が倒《たお》す」

決意を新たにした俺だった。生徒会とか優良枠とか償いとか本当に関係無く、コイツには勝たなきゃいけないと思う。人類のために。

「それでどうしたんですか杉崎君。アイドルさんがどうかしましたか」

「ああ、そうそう、星野巡。お前も同学年だってことぐらいは知っているだろう？　あいつ、俺のクラスメイトでさ」

「なるほど、通報します」

「なんでだよ！　ストーカーじゃねぇよ！　あいつが失踪《しっそう》したから今皆《みんな》で捜《さが》しているっつう話だよ！」

「なるほど、続きは署でどうぞ」

「俺犯人じゃねえし！」

「そうですか。……でも杉崎君、そういう話なら警察に任せたらどうですか」

「あ、いや、そりゃあそうなんだが、なんつうか、自分から失踪したみたいだから……」

「なるほど、大事《おおごと》にしたくないと。でもそれなら、むしろ捜さなくてもいいのでは？」

……まあ、水無瀬の言う通りだ。あの巡が自分から失踪している以上、捜してほしくはないんだろうし、ああ見えて意外と大人なヤツだから、充分楽しんだらそのうちちゃんと帰ってくるんだろう。でも……。

俺は苦笑いを水無瀬に向けた。

「友達が悩《なや》んでいると知ったら、こっちから傍《そば》に行ってやりたいじゃないか」

「……そういうものですか」

相変わらず何考えているか分からない無表情だった。まるでアンドロイドだ。しかし彼女なりに何か思うところはあったのか、最近の水無瀬には珍《めずら》しく真面目《まじめ》に応対して貰えた。

「すいませんが、力にはなれそうにありません。私は彼女を全く見かけていませんので」

「そっか。わるい、手間かけたな」

「いえ」

……何か嫌味《いやみ》の一つでも言うかと身構えたが、何も来なかった。拍子抜《ひょうしぬ》けしつつも「じゃ」と彼女に背を向ける。すると、すぐに呼び止められてしまった。

「杉崎君」

「なんだ？」

鼻水をすすりつつ振《ふ》り返る。水無瀬は無表情のまま訊《たず》ねてきた。

「そんなことをしていて、私に勝てるのですか？」

そんな彼女の、相変わらず厳《きび》しい問いに。体力の尽《つ》きた今の俺は虚勢《きょせい》を張れるでもなく、素直な気持ちで、力なく笑みを返す。

「正直、もう殆《ほとん》ど絶望的かな。全部勉強に注ぎ込むお前とじゃ、最早《もはや》勝負にもなりそうもないよ。ははは。……でも」

「でも？」

聞き返す水無瀬に、俺はだらしない顔をしたまま、告げる。

「こんなことをしている自分も、俺は不思議と嫌いじゃないんだよ」

「……そうですか。私にはよく分かりません」

冷たい反応だった。まあ、そうだろうな。水無瀬と違《ちが》い、俺は寄り道ばっかりだ。

でも、それが今の俺、だから。

「俺は、何かを天秤《てんびん》にかけるぐらいだったら、天秤ごと持っていくようにしているんだ」

「二兎《にと》を追う者は一兎をも得ず、です」

「手厳しいね。まあ、その通りなんだろうけどさ。俺は、それでも追ってみるよ」

「その結果、勝手に家出した美少女アイドル捜して無駄骨《むだぼね》、優良枠《ゆうりようわく》も逃《のが》す、ですか」

「あ、違うぞ水無瀬。俺はアイドルを捜しているんじゃない。友達を捜しているんだ」

「そこはどうでも——」

「大事なことだ」

「…………」

「…………」

三秒ほどお互《たが》いの目をジッと見つめ合い、それから俺は特に挨拶《あいさつ》することもなく、手をプラプラと振るだけで店を後にした。

水無瀬とは、やっぱり考え方が違う。だけど、不思議とアイツとの意見相違《そうい》は不快じゃない。奇《く》しくも巡がそうであるように、それぞれの道で、それぞれのやり方で得ようとするものがある。

水無瀬とはそれが今回たまたま、かちあってしまっただけで。

…………。

「やっぱり、優良枠まで手に入れようとするのは、傲慢《ごうまん》……だったのかなぁ」

これまでも色んなものを代償《だいしよう》にしてきたハズだった。その結果として、たった一年弱でも大きく成長出来たハズだった。

でも最後の最後で俺は……結局、捨てきれなかった。

これは、飛鳥と林檎どちらも選べなかった俺に、また戻《もど》ってしまっただけなんだろうか。

「…………」

今は、まだよく分からない。

でも。


俺はそれ以上特に迷うこともなく、再び親友の捜索《そうさく》へと踏《ふ》み出した。

＊

まあ結局水無瀬の言う通りだったわけで。

「あー、リフレッシュ！　今日からまたバリバリ頑張《がんば》るわよー！」

「…………」

週明け。巡のヤツは何事も無かったかのように登校して来やがった。深夜まで捜索していた俺は勿論《もちろん》、なんだかんだ言って心配していたのであろう守もげんなりだ。

しかし……「何事も無くて良かった」「いつもの巡で良かった」という感情が先行してしまって、怒《いか》りなんかは微塵《みじん》も湧《わ》いてこない。不思議なものだ。

俺はなんだかどっと疲労《ひろう》して机に突《つ》っ伏《ぷ》したまま、弟の守をいじってから隣《となり》にやってきた（また席が隣だった）巡に声をかける。

「うーっす、巡」

「あー、おはよ杉崎。……ちょっと、朝っぱらから何だらけてんのよ、みっともない」

「……うっせ、関係無いだろ」

「あ、分かった、ギャルゲーでしょう」

「…………」

ちょっとイラッとした。しかし次の瞬間《しゅんかん》、頰《ほお》に何か冷たいものが押し当てられ、慌《あわ》てて身を起こす。見れば、巡がなにやら小さな瓶《びん》を俺に向かって突きだしていた。

「ほら、アイドル業の必須《ひっす》アイテム、栄養ドリンクを分けてしんぜよう！」

「……お、おう」

「シャキッとしなさい、シャキッと！　男はシャキッと！」

そう言いながら、巡は自分の分をぐびぐび飲み始めた。……おっさんか。

「…………」

俺は、渡《わた》されたビンを手の中で弄《もてあそ》ぶうち、なんだかニヤニヤと笑い出してしまっていた。

「……なにしてんのアンタ」

ドリンクを飲み終わった巡に、気持ち悪そうに見とがめられる。

俺は「いや」と笑った後、ビンのフタを回しながら答えた。

「なんだ、充分《じゅうぶん》すぎる程代償貰《もら》えてるじゃん……って、思ってさ」

「？　はぁ？　あんた、栄養ドリンクも買えないほど貧乏《びんぼう》なの？　やーねー」

「うっせーよ」

そんないつものやりとりが心地《ここち》いい。

俺はドリンクを一気にあおると、さて、今日も頑張るかと隣に倣《なら》って気合いを入れ直した。


「……だりぃ」

五時間目の授業（現国）を受けながら、俺は誰《だれ》にも聞こえぬよう呟《つぶや》いていた。

巡の件が解決して気分が高揚《こうよう》し、ドリンク効果もあった午前中の授業こそなんとかなったものの、ここに来て尋常《じんじょう》じゃない気怠《けだる》さが俺を襲《おそ》っていた。正直、今すぐぶっ倒れて一週間眠《ねむ》りこけたい気分だ。

しかし、そういうわけにはいかない。理由は大きく二つ。

まず一つは、当然ながら授業を聞かないといけない。元来は「授業なんてかったりぃよ、早く休み時間来ないかな」派の俺だが、水無瀬打倒《だとう》を目標としている今年は話が別。先生の話は少したりとも聞き逃すわけにはいかない。教科書にも載《の》ってないのは勿論、黒板にも書いてくれてないことが問題に出てくるケースがあるしな。数は少ないからただ高得点目指すだけならあんまり気にしすぎなくてもいいが、満点を目指す以上無視出来ない。

そしてもう一つの理由というのは……。

「すぅ……」

隣で、普通《ふつう》に机に突っ伏して寝《ね》ているこのやさぐれアイドルだ。ちょっと殴《なぐ》りたい。

いや、なんつうか、俺が調子悪そうなのを、こいつに見せたくないのだ。今のところ大《だい》丈夫《じょうぶ》みたいだが、俺が勝手にこいつを捜し回って疲弊《ひへい》したのを、知られたくはない。

巡の、授業中だというのに堂々たる寝顔を眺《なが》め、物思いに耽《ふけ》る。

……結局俺はコイツが疲《つか》れている時に、傍に行ってやれなかったんだ。友達として支えて、やれなかったんだ。……義妹が入院した時に、あれほど後悔《こうかい》し、そしてもう二度と見逃さないと誓《ちか》ったはずなのに。

俺は知っていた。コイツが、事務所ともめていたことを。自分のファンからあくどく金を巻き上げるような粗製《そせい》グッズ販売《はんばい》に腹を立て、戦っていたことを。そして……俺達にはいつも通り明るく接しながらも、裏では疲弊していたことを。

だけど俺達は何もしてやれてなかった。俺達が何かをする前に……全部自分で、終わらせていた。

その上コイツは、まあ多少周りに迷惑《めいわく》をかけたとはいえ、自分で自分を癒《いや》して、ちゃんと戻って来やがった。凄《すご》いヤツだ。あまりに凄くて、眩《まぶ》しすぎるヤツだ。

俺はまだコイツの足下にも及《およ》んではいないけれど。

せめて、カッコぐらいはつけていたい。

「っしゃ！」

一人気合いを入れて、授業に集中する。……こんなところで脱落《だつらく》してられるか。

〈キィーンコーン……〉

「……っぅ、はぁ」

なんとかチャイムまで体力をもたせ、授業終了《しゅうりょう》と同時に思いっきり背伸《せの》びをした。今日の授業は六時間目（選択授業《せんたくじゅぎょう》）まである。……ちょっヤバイかもしれん。顔を何度か叩《たた》いてみるも、効果は微妙《びみょう》だ。

「んにゃ」

巡がごしごし目元をこすりながら起きる。俺はなんとなく気恥《きは》ずかしいのと、自分の顔から疲労が拭《ぬぐ》い切れてないのを悟《さと》っていたため、彼女に目をつけられる前に教室移動の準備をして席を立った。六時間目は巡と違う授業だし、今日は帰りのHRが省略らしいから、これで俺の態度から何か悟られることもなさそうだ。

足早に教室を出て、とりあえず冷水で顔を洗ってやろうとトイレを目指す。

——と、俺と同じく教室移動の最中なのか、珍《めずら》しく校内で水無瀬を見かけた。友達と歩いているわけでもなさそうだったので、背後から声をかけてみる。

「よ、水無瀬」

「？　ああ、杉崎君じゃないですか。この度《たび》は大変ご愁傷様《しゅうしょうさま》でした」

「なんの話だよ」

「貴方《あなた》が生まれてきた件についてですが」

「失礼すぎるだろう！　お前は最早挨拶段階から攻撃《こうげき》を仕掛《しか》けてくるのか！」

「妙なことを言いますね。杉崎君は、明確な攻撃の意志を持ってアリを踏むのですか？」

「だからなんでお前の好感度は勝手に減っていくんだよ！　理不尽《りふじん》すぎるわ！」

「いえ、貴方の大好きなギャルゲー……勝手に好感度の上がる二次元世界とバランスを取ってあげているのですよ。ショップ店員としてなんたるアフターケア精神」

「……もういい」

疲れてきた。というか、学習しないな、俺も。なんで疲れている時に自分からわざわざ死地に飛び込むのか。Mなのか。俺は、Mなのか。

色んな意味でげんなりしていると、不意に、水無瀬から意外な態度を取られてしまった。

「……大丈夫ですか？　顔色が優《すぐ》れませんよ？」

「？　顔色？　どうした水無瀬、そこは『お顔が優れませんよ』の間違《まちが》いじゃないか」

「今、私は貴方への態度を少々反省しましたよ。……冗談《じょうだん》ではなく、流石《さすが》にこの私でも心配するほど体調悪そうですよ」

「お前はそんな人間に数発ジャブを入れたのかよ。……まあいい。心配はサンキュ。でもまあ、大丈夫さ。じゃあな」

巡に限らず、知り合いに心配されるのは苦手だ。俺は水無瀬との会話を切り上げると、再びトイレに向かおう——として、肩《かた》を強く摑《つか》まれた。

水無瀬が、いつもより更《さら》にキツイ表情で俺を睨《にら》み付けている。

「何をもって大丈夫と言ったのですか。根拠《こんきょ》はあるのですか」

「お、おい。なんだよ。心配すんなって、ただの寝不足だよ」

「寝不足ですか。……どうせ、一日二日寝ていない、というレベルじゃないんでしょう」

「…………」

大当たりだった。秋以降、勉強時間捻出《ねんしゅつ》のため普段から睡眠《すいみん》時間が三時間以下だったが、そこに加えて、巡を捜《さが》していたここ三日はバイトの休憩《きゅうけい》時間三十分しか寝ていない。

……だが、なんだって水無瀬はこんなに厳《きび》しい顔をする。俺は少し気圧《けお》されながらも、あくまでいつも通りヘラヘラと「大丈夫だって」を繰《く》り返《かえ》した。が、水無瀬は納得《なっとく》いかないようだ。……なんなんだよ。

「私に勝つためですか」

「……別に、そういうわけじゃねえよ。ゲームやりまくっているだけさ」

それも嘘《うそ》じゃあない。ギャルゲーも減らしてはいないしな。

水無瀬はなんだか、心底呆《あき》れたようだった。俺の肩からは手を離《はな》しつつも、残念そうに嘆息《たんそく》している。

「……だから、無駄《むだ》な足掻《あが》きだって言っているんです」

「なんだって？」

「断言します。そんな様子じゃ、逆立ちしたって私には勝てないですよ」

「……分かってるよ。十一月下旬《げじゅん》にやった二学期の期末だって、俺は平均九十点。お前は相変わらず全教科満点。九十と百の差がどれだけ大きいかなんて、俺だって――」

「そういうことを言っているんじゃありません。……はぁ」

　水無瀬はなんだか本当に悲しそうだった。無表情には違いないんだが、最近、俺なりに微妙な彼女の表情変化が分かるようになってきた気がする。

　独り言のように水無瀬が呟く。

「……そういうのは、貴方に期待してないんですよ……」

「はぁ？」

　水無瀬は意味の分からないことを言うと、首を横に振《ふ》って、それから話題を変えてきた。

「先日のアイドル……。……友人さんはどうなりましたか？」

「は？　いや、まあ、見つかったよ」

「貴方が見付けたんですか？」

　う。痛いところを突いてくる。俺は視線を逸《そ》らしながら、しかし嘘をつくわけにもいかず、ありのままを答える。

「その……今日、普通に登校してきた……だけだけど」

　うぅ、カッコ悪い。案の定水無瀬は呆れた様子だ。

「ではやはり、ただの無駄骨《むだぼね》ですか。あれだけ啖呵《たんか》切っておいて」

「……それで、その友人さんにはちゃんと伝えたんですか、心配して捜索《そうさく》していたこと」

「？　なんでだよ。言うわけないだろ、そんなこと」

「…………。……そうですか」

水無瀬は今度こそ、明確に、がっくりと肩を落とした。そしてなにやら小さく、「憐《あわ》れすぎて目もあてられませんね……」等と呟いている。……なんなんだよ。

俺がもうトイレに行っていいものかと迷っていると、今度は逆に水無瀬の方が俺に背を向けた。そして「用事が出来ました」とだけ言うと、俺からの返事も聞かずさっさと去って行く。

「なんだ、あいつ……」

相変わらず意味の分からん女だ、水無瀬流南。巡といいアイツといい、どうしてこう今の俺の周りには特殊《とくしゅ》なのが多いのか。修行期間か何かなのだろうか。義妹のほんわか感が懐《なつ》かしい。……いや、アイツはアイツで無駄にドギツイ言葉使うか。

「ふわぁ……と、やべやべ、立ったまま寝そうになったな、今」

ライバルのことを考えて時間を浪費《ろうひ》するほど無駄なことはない。だったらもっと他のことを考えるべきだ。これからのこととか――って。

……今気付いたが、今日は授業乗り切っても夜までバイトの日じゃないか？

…………。

まあ、なんとかなるか。

俺はさっさとトイレに向かうと、思いっきり顔に冷水を浴びせることにした。

＊

流石に駄目だった。

「あー……かっこわる……」

呟《つぶや》きながらも、昨日よりずっと軽い体で登校する。一晩ちゃんと寝るだけでこんなに違うとは思わなかった。なんて重要なんだ、睡眠。

「しっかし……ぶっ倒《たお》れて美少女に介抱《かいほう》されてりゃ、世話ねぇよな」

昨日は結局あれからバイトまではなんとかこなした。こなしたんだが……そこまでだった。不覚にも、その帰宅途中《とちゅう》に公園で倒れてしまったのだ。真冬の、極寒の公園で。……いや今普通《ふつう》に振り返ってたけど、場合によっちゃ俺死んでたんじゃなかろうか。

「ホント、大袈裟《おおげさ》じゃなく命の恩人だよな……あの娘《こ》」

結局名前も訊《き》けなかったあの娘。雪のように白い肌《はだ》と、華奢《きゃしゃ》で儚《はかな》い体軀《たいく》。冗談ではなく天使だったのかもしれない。……もしかして、夢だったんだろうか。そんなこたぁないよな。実際俺、あの娘に助けられたからこそ、ちゃんと家に帰って、改めてベッドにぶっ倒れられたんだし。しかし……。

「……結局俺は、ここまでなのかな……」

学校に着き、自分のクラスに向かいながら考える。昨日は頭にあの娘の心配そうな顔がちらついて、結局無理に勉強もエロゲもせずに休んでしまった。おかげで体調は回復したけれど……俺はさっきから、自分が情けなくて仕方ない。

分かっている。無理をして結局昨日みたいに倒れて、そして本来守ろうと決意したはずの女の子に助けられてたんじゃ、本末転倒《ほんまつてんとう》だと。だから、もうあそこまでの無理はすまいとも思う。

でもそうなると……いよいよ、「ここが限界」ってことだ。

俺の、力の、限界。

「……負ける、よな」

水無瀬のことを考える。最後まで諦《あきら》めるつもりはないが……このままだと確実に、俺は負ける。

実際問題、全教科満点という成績は「別格」なのだ。今や俺は学年で十番以内の成績を誇《ほこ》っているが、正直、水無瀬との差はまだまだ遠い。

一種の偉業《いぎょう》にして異様でさえある全教科満点。そんなものを天才以外がコンスタントに取ろうと思ったら、尋常《じんじょう》ならざる努力が必要だ。それこそ水無瀬のように、日々の殆《ほとん》どを勉強に費やす生活を何年も続けるような……そういう、努力が。

それを俺は僅《わず》か一年弱で、ゲームやバイトもしつつ手に入れようとしたのだ。そんなもの……体を壊《こわ》すぐらいの覚悟《かくご》をしないと、無理に決まっている。

「とはいえ、本格的に体を壊したら勉強も出来ないわけで」

つまりは、ここが俺の限界点。これ以上払《はら》える代償《だいしょう》は、もう無い。そして同時に、次の年度末テストで満点を取れる見込みも……もう、無い。

「はぁ……」

思わず溜息《ためいき》が漏《も》れる。……昨日のあの娘と接して以降、不思議とこれ以上自分の体を痛めつけるようなことはやめようと考え始めたものの……それでも、そう割り切れはしない。

自分の教室に向かい、席に着く。……悲しいことに体調だけはすこぶる良い。これなら授業にもきちんと身が入って、却《かえ》って効率がいいかも……とか、そんな風に自分を慰《なぐさ》めなきゃやってられない。

なんとなく自習する気にもなれず、机にぐでーんと伏《ふ》せっていると、不意に、なにやら不自然な、上擦《うわず》った声が耳に届いた。

「お、おおお、おは、おはよよよう、すすぎさき」

「?」

最初自分に対する挨拶《あいさつ》だとは全く思わず、「あー?」と首だけ動かして声の方向を確認した。すると巡が隣《となり》の席に着いていて、なぜか顔を真っ赤にして俺を見つめていたので、そこでようやく「ああ、俺に挨拶してんのか」と思い至り、軽く右手を挙げて応じる。

「おう、巡。うっす」

「おおおおおお、おお」

「……どうしたお前。次のドラマで怪物《かいぶつ》役でもやんのか?……ぴったりじゃねぇか」

「う、うるさいわね!」

急に怒《おこ》って怒《ど》鳴《な》りつけてくる巡。……なんだ、いつもの巡じゃんか。よく分からん。

とりあえず隣の暴力系アイドルはどうでもいい。俺は今、自分のこれからの生活スタイルについて、深く悩《なや》んでいる途中——。

「ね、ねえ、杉崎。……杉崎さん? 杉崎君?……け、けん。……あぅ。杉崎!」

「んだよ、お前は。なんだ、嫌《いや》がらせか?」

人が考え事している最中に、不気味な名前連呼《れんこ》を始めやがった。相変わらず腹の立つヤツだぜ、宇宙《うちゅう》巡。親友だとも思っているが、やっぱり天敵でもあるよなぁ。

俺が睨《にら》み付けていると、いつものように巡も睨み返してきた。

「な、なによ！　なんか文句でもあるの!?」

「なに荒《あ》れてんだよ、うぜーな。ちょっと放《ほう》っておいてくれ。色々疲《つか》れてんだ」

「え？　疲れてって……」

巡はなぜかそこで、しゅんとしてしまった。……珍《めずら》しい表情だな、おい。こんなしおらしい巡、初めて見たぞ。

「それは……もしかして……その……私を……あの……」

「あ？」

「……っぅ！　べ、別に感謝とかしてないんだからね！　あ、アンタが勝手に疲れているだけじゃない！　なによ！　もう！」

「はぁ!?　なんだお前!?　なに、喧嘩《けんか》売ってんの!?」

「うっさいうっさいうっさい！」

「……おうおうおう、このフェミニストの杉崎先生を怒らせるたぁ、大した女だな。こちとら昨日ぶっ倒れて休んだおかげで、体調は万全なんだ。やるってんなら――」

「え、た、倒れたですって⁉」

急に巡が大声を出して立ち上がり、俺の肩《かた》を思いっきり摑《つか》んで揺《ゆ》さぶってくる！

「ねえ、ちょっと、大丈夫《だいじょうぶ》なの⁉　大丈夫なのよね⁉　びょ、病院行く⁉」

「うわ、ちょ、お前、やめ、う、ギブ、ギブ」

先制攻撃《こうげき》を仕掛《しか》けられてしまった！　多少回復したとは言え、こうも脳をぐわんぐわんされたのではたまらん！　俺は早くも巡の暴力に屈《くっ》した。

俺の言葉に巡はハッと離《はな》れると、なぜかもじもじしながら告げてくる。

「た、体調悪かったらちゃんと私に言うのよ？」

「どんだけドSなんだよお前！　俺が苦しんでいる様子をそんなに観察したいのか！」

なんて恐《おそ》ろしい女だ、宇宙巡。今までも充分怖《じゅうぶんこわ》かったが、ここに来てその残虐《ざんぎゃく》性が跳《は》ね上がってやがる！　どういうこった！　俺、なんか悪いことしただろうか！

俺が必死で記憶《きおく》を手繰《たぐ》っていると、巡がまたも妙《みょう》にもじもじした様子で、妙なことを訊《たず》ねてきた。

「……ねぇ。……なんでよ？」

「は？」

なぜか顔を紅《あか》くしながら自分の毛先を指でくるくる弄《もてあそ》んでやがる。……なんだか今となってば、その態度全《すべ》てが残虐な暴力の予兆にしか見えない。……興奮していらっしゃる。

この女、俺に暴力振《ふ》るって、顔を紅く染めるほど高揚《こうよう》していらっしゃる！　ひぃ。

「なんで……その……私のために……そこまで……してくれたの？」

「……は？」

な、何を訊ねていらっしゃるんだろうか、この暴力アイドルは。俺が、巡のために？

全くもって意味が分からない。ただ……恐ろしいことに、この女、俺の答えをジッと、
真剣《しんけん》な様子で待っていやがる。こ、これはなんだか間違《まち》えられない空気だ。それどころか、
訊ね直すことさえ許されそうにない。

ど、どうしたもんか……。…………。……う、うん、とりあえず、それっぽく、答えて
おこう。うん。全然事情は分からんが。

俺は、現状出来うる限り最高の笑顔で、爽《さわ》やかに告げてみた！

「大切なもののためだったら、俺はなんだってやってやるさ！」

「！　はぁぅ！」

巡が胸を何かで撃《う》ち抜《ぬ》かれたような挙動をしたと思ったら、自分の机に伏せってしまっ

た。なんか頭から湯気出ているし。……こ、怖《こわ》い。動きの予想がつかん。なんだこの女は。

ちなみに今の言葉は「大切なもの（自分の命）のためだったら、俺はなんだって（天敵に媚《こ》びる行為《こうい》さえ）やってやるさ！」という超卑屈《ちょうひくつ》な意味だ。……そうか、巡にはそれが伝わってしまったのかもしれん。だからあんな、顔を俺に見せまいと伏せって……笑いを押《お》し殺すような態度をっ！　くそっ、なんて屈辱《くつじょく》！

ふと気付けば、俺達のやりとりを見ていたのか、クラスメイト達が各所でくすくす笑っている。……む。

「なんだよお前等《ら》、その微笑《ほほえ》ましいものでも見るような視線は」

『いや、べっつにぃー』

「む」

こちとら重度のいじめを受けていたというのに、冷たいクラスメイト達だ。なんてヤツらだ。全く、これだから碧陽学園の生徒は……。

「……はは っ」

しかし、なんだか俺も自然と笑いが込み上げてきてしまった。

……そうだな。学校は、ただ勉強するためだけに来ている場所じゃ……なかったよな。

俺はなんだか少しだけ吹《ふ》っ切《き》れた気分になると、「自分らしくやってくか」と腹を括《くく》り直して、新たな一日を開始した。

＊

年度末テストまで、あと約一か月。そろそろ追い込みスパートをかけなければいけない時期なのだが……。

「畜生《ちくしょう》、またオレが大貧民かよ！」

守が大袈裟にのけぞり、余った手札を机に投げ捨てた。

「ほらほら愚弟《ぐてい》よ、カードを配り直したら私に最強カードを貢《みつ》ぐがいいわ！」

巡がいつものように大上段から応じている。

俺は現在、巡や守、そして他クラスメイト二名ほどと大富豪《だいふごう》に興じていた。ちなみにゲームはずっと巡が大富豪に成り続け、守が大貧民として搾取《さくしゅ》されまくるという状況《じょうきょう》が延々続いていた。世知辛《せちがら》い。ゲームなのになんて世知辛いんだ、大富豪。こんだけ社会の縮図を見事に顕《あらわ》したカードゲームも中々無いのではないか。

「杉崎君、はい交換《こうかん》」

「あ、すまんすまん」

ぼんやりしていたら貧民の野崎《のざき》さん（三つ編み女子）からカードを渡《わた》されてしまった。

俺は俺で毎回ちゃっかり富豪の位置につけるという、まあこれもらしいっちゃらしい状況なので、カードを受け取り自分の手札から要らないカードを渡す。

「さぁて、もう一戦いくわよっ！」

巡が号令をかけ、再び戦いが開始され、クラスが盛り上がる。プレイメンバー自体は五人なのだが、なぜかギャラリーも結構な数がいる。実際問題、席の傍《そば》まで来ずともこちらの動向に耳を傾《かたむ》けつつ談笑しているクラスメイト等を含《ふく》めれば、クラス全体が俺達の勝負を楽しんでいると言っていい状況だった。

たまに他のクラスから来た生徒等がこの光景を見ると何事かと思うみたいだが、一年F組では最早《もはや》日常茶飯事だ。今はたまたま大富豪ブームだが、基本的には巡が目立つことをやり出し、俺や守がまずそれに巻き込まれ、そこに更《さら》に巻き込まれる人間やギャラリーが湧《わ》くという構図。

以前から明るいクラスだったが、ここまでになったのは冬からだ。原因の一端《いったん》は……やはり、俺の態度なんだと思う。

「ほら、杉崎の番よ。……な、なに私の方見てぼんやりしているのよ……」

巡が頬《ほお》を染めながら注意してくる。別に巡を見ていたわけじゃないんだが……。

場に出ているカードが5だったので、俺は手札から6を出して、再び物思いに耽《ふけ》る。

——と、また巡の方を見てしまっていて、巡がやたらソワソワしているので、視線を外して再開した。

……冬のある時期から、俺は休み時間に寝《ね》たり、勉強したりするのをやめた。

別に余裕《よゆう》が出来たわけじゃない。むしろ逆だ。状況は悪くなる一方。勉強すればするほど、「満点」の厳《きび》しさに直面し、打ちのめされ、なのに期限はどんどん迫《せま》ってくる。

だけど……。

「あー！　また負けたぁ！　なんでだぁ！　今回はこっそり姉貴の心読んだのに！」

「甘《あま》いわね、弟よ。ババ抜きならいざ知らず、大富豪で手札なんか読んだって圧倒的《あっとうてき》戦力差に絶望するだけなのよ！　搾取される者は、一生搾取され続ければいいのよー！」

「ちくしょぉー！」

いつの間にかゲームが終わり、宇宙姉弟《きょうだい》が悲しいコントをしていた。

……一連のやりとりを眺《なが》め、うん、やっぱりこれでいいんだと考える。

別に優良枠《ゆうりようわく》を諦《あきら》めて、自暴自棄《じぼうじき》になっているわけじゃない。遊びに逃《に》げている……と水無瀬なんかは言いそうだけど、そういう心持ちでもない。

ある意味、エロゲと同じだ。俺にとって、この時間は、とても大事なもの。

……あの日ぶっ倒《たお》れてあの娘《こ》に介抱《かいほう》されるまで、俺は、少し自分を見失っていた気がする。今なら分かる。俺は、ただ頭のいい人間になりたいわけじゃなかった。優良枠が取れれば、なんでもいいわけじゃなかった。

現生徒会役員。それも俺が特に憧《あこが》れた美少女達。

桜野《さくらの》くりむ、紅葉知弦《ちづる》、椎名深夏。

俺は元々……彼女達の「人間性」に近づけるよう、頑張《がんば》っていたんじゃなかったか。

中学時代の情けない自分を変えるために、生徒会を目指していたんじゃなかったか。

……「生徒会」という場所が、あまりに眩《まぶ》しすぎて。

まるで砂漠《さばく》に現れたオアシスのように、魅力《みりょく》的に見えすぎて。

いつの間にか目的と手段が、入れ替わっていた。

友達とも遊ばず、自分の使える時間を細かく計算して、ただ勉強に打ち込んだり、自分に似ている境遇《きょうぐう》のエロゲをやっては、楽しむよりも参考にすることばかりに気をとられたり……。

そんなやり方で水無瀬に勝って優良枠を取って、俺は、どうするつもりだったんだろう。

そんな成長しかしていない杉崎鍵に、なんの価値があるんだろう。

別に勉強が無駄《むだ》だとは思わない、だけど……俺の目標とする場所は、そこじゃ、ない。

だったら……。

「よっし！　じゃ、最終戦いくか！　時間無いから巻いていくぞ！」

俺は巡に代わって号令を出すと、無駄に大声を上げて周囲を盛り上げる。

うん、こんな時間は、絶対に、無駄なんかじゃないよな。


「無駄ですね」

バッサリだった。水無瀬が眼鏡《めがね》をキラリと光らせつつ、冷たく言い放つ。

校内の、人通りが少ない廊下《ろうか》にて。俺は汗《あせ》をダラダラ掻《か》き、目を泳がせていた。

「そ、そんなことねぇよ。ほら、お前、なんつうの、遊んでこその学問っつうか……」

「逃避《とうひ》ですね。紛《まぎ》れもない、逃避行動ですね」

「だ、だから話聞いてたか水無瀬。クラスメイトと過ごす時間もまた、かけがえのない……」

「学年七位おめでとうございます、杉崎君」

「またリアルな予想順位を！」

俺はがっくりと肩《かた》を落とす。……なんでこんな状況になっているのかと言えば、俺のクラスの前を水無瀬がたまたま通りかかってしまったことに端《たん》を発する。

タイミングの悪い事に廊下の彼女と目が合ってしまった俺は、ギラギラと光り続ける水無瀬の眼鏡による圧力に負け、思わず大富豪を中断して彼女を追いかけて来てしまったというわけだ。しかし……必死の言い訳虚《むな》しく、水無瀬の反応は冷ややかだった。

「杉崎君が優良枠を諦めるの自体は別にいいです。ただ私が引っかかるのは、休み時間に遊び呆《ほう》けるのを、いい話風にまとめて微妙《びみょう》に正当化してかかる、その腐《くさ》った根性です」

「お、仰《おっしゃ》るとおりで……」

俺、廊下にて正座だった。たまに通りかかる生徒達は見て見ぬフリだ。

水無瀬は「まあいいです」と話を切り上げた。

「以前みたいに無理をして醜態《しゅうたい》を曝《さら》してない分、よしとしましょう」

「そ、そうですよね。俺、間違ってませんよね？」

「そうですね、学年九位の杉崎君」

「なんか微妙に下がった！　うぅ……水無瀬ぇ、優良枠をくれぇ」

彼女の生足に情けなくすがりついてみるも、普通《ふつう》にスコーンと蹴《け》り飛ばされ、その上床《ゆか》に頭を踏《ふ》みつけられた。

「杉崎君……貴方《あなた》の目指すところが頭が良いだけの人間じゃないのは理解しましたが、果たして、その方向性でよろしかったのでしょうか」

「はぁはぁ、下着が見えるぜ、はぁはぁ」

「えい」

なんか頭蓋骨《ずがいこつ》がゴリッていった！　ゴリッて！

俺が床を呻《うめ》きながらのたうち回っていると、水無瀬は無情にもその場から離《はな》れていく。

去り際、彼女はどこか寂《さび》しそうにぽつりと呟《つぶや》いていった。

「……まあ、それはそれで仕方ないですね……」

「…………」

彼女の後ろ姿を見えなくなるまで眺める。

……なんでだろう。優良枠が全《すべ》てじゃないって、考え直していたはずなのに。

やっぱり、水無瀬と勝負したい。そう思う自分が、まだ、確かに居《い》た。


「？　杉崎、大富豪しないの？」

次の休み時間。俺は、久々に学校で、自主的に教科書とノートを開いていた。いつものように遊ぼうと寄ってきた巡を始め、周囲のクラスメイト達までキョトンとする。

後からやってきた守も不思議そうに訊《たず》ねてくる。

「あれ、杉崎、また勉強始めたのかよ。つまんねぇな。勉強は家でするから、休み時間は遊ぶんじゃなかったのかよ」

守が口を尖《とが》らせている。……毎回負けているのに、こいつ、大富豪好きだったのか。

……まったく、男のクセに妙《みょう》に可愛《かわい》いヤツだ。

俺は苦笑しながら答える。

「そうなんだけど……さ。なんか……ちょっとだけ、また頑張りたくなっちまったんだ」

「優良枠取るためか？」

「え？」

その問いに、俺は驚《おどろ》いた。実は、隠《かく》しているつもりこそ無かったものの、わざわざクラスメイトに目標を話した事もなかったのだ。

キョトンとしていると、更に驚くべき事に、他のクラスメイト達まで続き始める。

「まあ杉崎君の頑張りは知っているけど、もう諦めたのかと思ってたよー」

「だよな、最近ふざけてばっかりだったし。だったら俺達もテンション上げてそれに合わせてこうとしてたのになぁ」

「ま、それはそれで、『らしい』けどなー」

「え？　え？　え？」

周囲のクラスメイト達をぐるぐると見回してしまう。い、意味が分からない。なんだなんだ、なんで俺の目標がバレているんだ。戸惑《とまど》っていると、巡が呆《あき》れた様子で告げてきた。

「アンタ、まさかバレてないとでも思ってたの？」

「え……いや、だって、別に言ってないし……」

「言わなくても分かるわよ。鬼気迫《ききせま》った様子で勉強してたり、ことあるごとに生徒会役員への憧れ語ったりするヤツの目標が、分からないわけないじゃない」

「え。……あー」

お、俺、そんな分かりやすい行動取っていただろうか。なんか恥《は》ずかしい。

照れていると、再び守が「で」と訊ねてくる。

「また優良枠、取りたくなったのかよ」

「あ……いや、まあ、それはそうなんだが。なんつうか、今はそれだけじゃなくて……」

水無瀬の時折見せる寂しそうな顔を思い浮《う》かべる。……うん。

「お前等《ら》と遊ぶのも楽しいけど……もう一人、真剣《しんけん》に遊びたいヤツがいて、さ」

「？　なんだそりゃ。優良枠取るのが、遊びなのかよ」

「ああ……真剣な目標であり、遊び、かな。だから、また取り組みたくなったんだ。……まあ正直、目標値の達成は難しそうなんだけどな。やるだけは、やろうかなって」

周囲に苦笑いを振《ふ》りまく。そうして俺は、「すまん」と謝った。

「だから、またちょっと付き合い悪くなるけど、少しの間だけ勘弁《かんべん》してく——」

そう、言いかけた時だった。

クラスメイトの一人、小宮山《こみやま》さん（サバサバ系女子）が、不意に手を上げてきた。

「はいはい、杉崎杉崎ぃー」

「ん？　どうした？」

訊ねると、小宮山さんはギャラリーの中からひょいひょいっと抜《ぬ》け出してきて、サラッと提案してくる。

「私、基本あんま成績よくないけど、数学だけなら超《ちょう》得意だから、教えてやってもいいよ？」

「え？」

思いがけない提案に戸惑う。そうこうしている間に、他からも手がひょいひょいと上がり始めた。

「あ、そういうことなら、僕、国語は教えられると思うけど」

「なんだよ、水臭《みずくせ》ぇな。俺こう見えて帰国子女だって言わなかったっけ？　英語なら全然教えてやれるぜ」

「ふ、私に近代史を語らせたら学園一だと思いますよ」

「え、皆《みんな》そういうノリ？　だったらうちら化学部女子も協力するけど」

あれよあれよという間に、俺が口を挟《はさ》む間もなく、クラスメイト家庭教師が増えていく。

状況《じょうきょう》についていけず、おろおろしていると……唐突《とうとつ》に〈パンパンッ〉と手を叩《たた》く音が響《ひび》いて場が静まった。……巡だ。巡が、椅子《いす》の上に立って（下着が見えそうで見えない）、なぜか場を仕切っている。

「はいはーい、じゃあこれから年度末試験までは『杉崎に勉強教えこんでやろう会』を開《かい》催《さい》するわよ！」

『おおー！』

「え？　ええ？」

やべ、俺を置き去りにして、俺に関する議題が進んでいる。なんだこれ。戸惑っていると、誰《だれ》かが俺の肩にぽんと手を置いてきた。振り返ると……守が、なんだか達観した目で俺を見つめて、首を横に振っている。……ああ、もう、俺が俺のスケジュールを管理することは出来ないんだな。了解《りょうかい》。

俺の降伏《こうふく》を見て取ったのか、巡が完全に場を仕切り出す。

「目標は杉崎の優良枠獲得《ゆうりょうわくかくとく》！　というわけで、今日からそれぞれの得意分野を杉崎に叩き込むわよ！……………あと放課後以降は私と二人で勉強会とかやります」

『おおー！』

なんか巡が微妙に最後ごにょごにょ何か付け足した気がしたが、クラスの歓声《かんせい》にかき消されてしまった。

……まったく。こいつら、俺のために動いているフリして、俺の優良枠獲得競争をただ面白がっているだけじゃねぇかよ、全く。

…………。

嘆《なげ》かわしくて、嘆かわしくて…………なんか涙《なみだ》が出そうだぜ、ちくしょう。

「しゃーねーな。ほら杉崎、じゃあ勉強するぞ。ちなみにオレの得意分野はESPだ！」

「うん、お前は帰れ」

というわけで守こそいつも通り要らない子だが、俺には心強い味方が出来た。

…………。

なあ水無瀬。

やっぱり、俺のやってきたことは、そう無駄でもなかったんじゃ、ないかな。

○ 春〜能力パラメータ（10点満点）〜　友情10　〜

「水無瀬、こっちこっち！」

一年F組の教室前にて、俺に言われた通り早めに登校してきてくれた水無瀬を呼び寄せる。彼女は片手をコートのポケットに突《つ》っ込《こ》んだまま、相変わらずの仏頂面《ぶっちょうづら》で近付いてきた。まだ生徒の少ない校内に彼女の足音が響く。

「おはよう、水無瀬」

目の前まで来たので微笑《ほほえ》みかけて挨拶《あいさつ》してみるも、彼女はニコリともしてくれない。

「大変おはようございます杉崎君。…………」

「……もしかして低血圧？」

いつもより更《さら》に不機嫌《ふきげん》そうなので訊ねるも、何も答えずぷいと顔を逸《そ》らされた。意外と水無瀬は分かりやすいヤツなのかもしれない。

俺は教室に入る前に、水無瀬と少し話しておくことにした。

「悪かったな、水無瀬。わざわざ付き合って貰《もら》っちゃって」

「まったくです。テストの結果発表なんて、他人と見るものでもないでしょう」

「ま、そりゃそうなんだけどさ」

確かに水無瀬の言うことはもっともだった。

今日は、年度末試験の結果発表日。

それぞれの学年の廊下《ろうか》掲示板《けいじばん》に上位成績者十名だけ名前と点数が記され、その他の者は朝のＨＲで総合順位と総合成績が書かれた、ちょっとした通知表（通知紙）を貰う日。

水無瀬がくいっと首を動かし、廊下の奥《おく》の方に視線をやる。

「ほら、もう結果貼《は》り出されているじゃないですか。あれ見ればいいだけでしょう」

そう言う水無瀬に、俺は「そりゃそうなんだが……」と困りつつ応じる。

「うちのクラスのヤツらが、どうしても皆で一緒《いっしょ》に、俺の順位を見たいらしくて」

「……奇特《きとく》な方々です。他人の成績に、どうしてそこまで関心が持てるのか」

「まあ、色々事情があってさ」

ここ一か月出来の悪い俺の勉強に付き合ってくれたクラスメイト達にしてみたら、ある種「自分の子供のお受験結果発表」みたいなものなのだろう。それに彼らにとってこれは大富豪《だいふごう》に代わる「遊び」でもあったわけで、一番盛り上がりどころである結果発表を全員で共有しようというのは、当然っちゃ当然の発想だ。

そんなわけで本日、俺達は他の生徒達よりも少し早めに教室に集まり、結果発表会を行おうとしていた。ちなみに教室内にはもう既《すで》にクラスメイト全員スタンバッている。あとは最大のライバルである水無瀬を迎《むか》えて、結果を見るのみだった。

「それにしたって、私まで参加させられる意味が分かりませんが」

「ああ、それは俺からの要望。この瞬間《しゅんかん》は、やっぱ水無瀬と迎えたかったからさ」

この一年で習得した技の一つ「必殺イケメンスマイル！」を使って微笑みかけてみる。

「……杉崎君、なにか液漏《えきも》れしない袋《ふくろ》を持っていませんか」

「吐《は》くなよ！　俺そんなに気持ち悪いですかねぇ！」

「そんなことないですようぇっぷ」

「えずくなよ！……もういい。じゃあ、教室入ろうぜ」

「仕方ありませんね」

というわけで、俺が先頭になって水無瀬と教室に入る。途端《とたん》、既に集まっていたクラスメイト達が全員こちらを見て、「いぇぇえええい！」と、朝と思えぬテンションで盛り上がる。

その中心で仕切るは、当然のように巡。完全にアイドルモード入っているのか、なんかマイクまで持っている。

「さあ、これで役者は揃《そろ》ったわね！　いよいよ結果発表といくわよ！」

『うぉぉおおおおおおおおお！』

盛り上がる一年F組。対照的な呆れ顔の水無瀬。

俺と水無瀬はクラスの中心に招かれると、黒板に貼られた横長の、薄《うす》い水色をした紙に向き直った。――と、巡が水無瀬を見て「あれ？」と反応する。

「アンタ、どっかで……。……あ、そうよ、確か杉崎の捜索《そうさく》活動を私に教えてくれ――」

「すいません、あまりこういう場は得意じゃありませんので、早く進めて下さい」

巡が何か言いかけたのを、コートを脱《ぬ》ぎながら水無瀬が遮《さえぎ》る。巡はちょっとムッとした様子で、水無瀬から顔を背《そむ》けて進行した。

「ではでは……まずは、十位から六位まで一気に発表するわよ！」

『おぉ――――！』

クラスが最高に盛り上がっている。……お前ら楽しそうですね！　事の当人たる俺の心臓が張《は》り裂《さ》けそうなほどバクバクしているの、理解してくれているんでしょうかっ！

巡は紙の右端《みぎはし》に手をかけた。どうやら、一位から十位まで記された紙に、テレビでよく使うような、剝《は》がれやすい目隠《めかく》しシール（これが水色）を貼り付けている。

ちなみに右からオープンしようとしているところを見ると……コピーでも貰って来たのだろう。結果発表の用紙自体はいつも廊下に貼り出されるものと同じく、左から順に、

「一位　○○　○点」「二位　○○　○点」と記されているもののようだ。

ちなみに、総合ランキングは学年全体の必修科目五教科のみでなされるため、五百点満点である。

「では……オープン！」

掛《か》け声《ごえ》と共に、巡が六位まで……横長の紙の半分まで、シールを剝がす！

十位　田所《たどころ》　要《かなめ》　474点
九位　花井《はない》　直美《なおみ》　475点
八位　熊沢《くまざわ》　大地《だいち》　478点
七位　槇《まき》　剛《たけし》　479点
六位　森野《もりの》　奈々子《ななこ》　484点

『……っお、おおー』

クラスに一瞬の静寂《せいじゃく》と緊張《きんちょう》、そして緩和《かんわ》によるどよめきが起こる。俺も完全に息が詰《つ》まってしまっていた。いや、正直これまでの俺の点数だったら、ここに居《い》る確率がかなり高かったのだ。思わず三回ほど名前を読み直してしまった。い、いないよな、杉崎鍵。

「まさか十位以下という虚《むな》しいオチじゃないでしょうね」

水無瀬はぼそりと不穏《ふおん》なことを言う。しかしクラスメイト達もそれは気になったようだ。

全員にジトッと注目される中、俺は冷《ひ》や汗《あせ》を拭《ぬぐ》いながら、なんとか答えた。

「そ、それは、な、無いと思うけど、うん。その……いつもより手応《てごた》え、あったし」

「ホントかよ」

すぐ背後に居たらしい守が疑わしげな声を上げる。しかし俺はいつもみたいに「んだとこら」などと自信満々に返す事も出来ず、ただただ、「た、たぶん……」と気弱に応じた。

六位まで発表されたことでクラスに微妙《びみよう》な空気が漂《ただよ》い始める中、巡が「さ、さあ！」と盛り上げようと声をあげるも、少し裏返ってしまっていた。……どうやら、司会者である巡自身も結果を知らないらしい。もしかしたら用紙をコピーしてくれた先生がシールによる隠《かく》し作業もしてくれたのかもしれない。この学園、教師も微妙にノリが良かったり、変に器用な人（大企業《だいきぎよう》のプレゼンみたいな授業する人とか）多いからな……。

巡がごくりと唾《つば》を飲み込んで、司会を再開する。

「で、では！　次は……五位から三位まで発表よ！」

『……（ごくり）』

クラスの反応が、最早《もはや》無駄《むだ》な喧噪《けんそう》ではなく唾を飲み込むだけになっていた。……なんだこの緊張感。やめろよ。俺の心臓、もたないだろうが！

ただ一人水無瀬だけが冷静に見守る中、巡が次のシールを摑《つか》んで、一気に剝がす！

五位　伊集院《いじゆういん》　葉子《ようこ》　４８５点
四位　椎名　深夏　４８７点

三位　山内《やまうち》　久司《ひさし》　491点

『……っ、はぁ〜』

最早歓声ではなく、全員で一安心の深呼吸だった。

「やったぁ！」

うちのクラスだった伊集院葉子が密《ひそ》かに喜んでいた。十位以内が初めてだったらしい。ちなみに九位の花井と八位の熊沢なんかもうちのクラスなので、今回F組の総合成績がやたら良かったりする。……俺に勉強教えるという集まりの裏で、ちゃっかり自分達もメリット得てやがったらしい。騙《だま》された。皆《みんな》、俺だけのためにやってくれているんだと思って家でこっそり流した俺の涙を返せ。

「椎名深夏……あいつ、頭もいいんだなぁ」

守がなにやらぽわんとした様子で呟《つぶや》いている。どうしたんだ。……まあ、確かに椎名深夏は凄《すご》い。自分が一位か二位だと断定した上で、俺も成績で彼女に勝てたのは実は今回が初めてだ。……優良枠《ゆうりょうわく》を取ったわけじゃないが、これだけでも、ちょっと報われた気がする。俺は……勉強だけでも、ようやく、彼女と肩《かた》を並べられるようになったんだ……。

「……少し、驚《おどろ》きました」

「ん？」

不意に水無瀬が話しかけてきた。確かに彼女は珍《めずら》しく、感心した様子で俺を見ていた。

「十位以下は無いという貴方《あなた》の証言を信じるとして……まさか、二位までつけてくるとは。凄いじゃないですか」

「ありがとよ……って、おいこら、なにサラリと二位に決めつけてんだよ」

水無瀬の賛辞に危うく感動するところだった。彼女はいつもの無表情に戻《もど》ると、残り少なくなった水色のシールを見つめている。

……その瞳《ひとみ》には、一点の曇《くも》りも無かった。

（……ああ、こいつは自分の結果に疑いなんか微塵《みじん》も抱《いだ》いていないのか）

ランキング結果の発表に一喜《いっき》一憂《いちゆう》している俺達と違《ちが》って。彼女は終始堂々としていた。自分が負けるなんて、全く思っていない。ただ、俺が成長していたことにだけ、多少反応しただけで。

（……本当に俺とは、レベルが違うんだな）

そんなの初めから分かっていたことだけど。ここに来て、改めて水無瀬の凄さを再認識していた。満点になんの疑問も抱かないなんて……どれだけ勉強したら、そんな境地に至れるのだろう。

「では……いよいよ、一位の発表よ！」

『…………』

クラスに静寂が訪れる。巡もまた唾を飲み込み……そして、最後のシールは右からではなく、左に手をかけた。二位からではなく、一位から先に見えるようにだろう。そういうのを自然にやるところは、テレビ慣《な》れしたアイドルらしさを感じさせる。

緊張に包まれるクラス。しかしそれに反して、俺の心は落ち着き始めていた。

なぜなら……水無瀬の顔を見て、瞳を見て、そこに記されている名前を、確信してしまったから。

「いざ……オープン！」

巡が……いままでと違い、ゆっくりとシールを剝がしていく。

徐々《じょじょ》に……徐々に、見えてくる結果。

一。

。

位。

そこで手を少し止め。その先は……一気に、剝がす！

『――――！』

全員が見守る中。そこには…………………………。

あって当然の名前と、そして点数が、なんの揺《ゆ》らぎも無く、存在した。

一位　水無瀬　流南　５００点

『…………っ！』

左端に、まるで自分の決まった定位置だと言わんばかりに存在するその名前に絶句する。

……当然の結果だった。当然すぎて、今思えば、何をドキドキしていたのかという結果だった。

分かっていた。分かっていたさ、そんなの。だけど……俺は、思わず肩を落とす。

届かなかった。俺は水無瀬に……一位に、やっぱり届かなか——

『うぉおおおおおおおおおおおおおおおおおおおおおおおおお！』

「⁉」

唐突《とうとつ》に、クラスが異様なテンションの盛り上がりに包まれる。な、なんだなんだ、残念会でも始まるのか――と俺が驚いていると、隣《となり》の水無瀬が、ちょんちょんと俺の肩を突《つつ》いてきた。見ると、なぜか彼女も驚いた顔をして、俺を見ている。珍しいにも程がある。

「……流石《さすが》にこの結果は、ちょっと予想していませんでした」

「え、なに水無瀬、俺に負けると思ってたの？」

「はい？　何を言っているのですか貴方は」

「へ？」

「は？」

水無瀬とどうも話が噛《か》み合わない。クラスのテンションも理解出来ない。

…………。

俺は、そういや自分の結果をちゃんと見てなかったなと、改めて結果発表に目をやった。

そこにあったのは……。

一位　水無瀬　流南　５００点

相変わらずの、水無瀬の堂々たる一位。そして――

「……………………………………………………は？」

一位　杉崎　鍵　５００点

なんだこりゃ。え？　一位が、二人いるよ？　どなた？　凄いじゃん、水無瀬以外に満点取るなんて。俺にはとてもとても……って、なんかどっかで見た名前じゃねーかあれ。誰《だれ》だっけ。かなり親しい知り合いのような気が――

「って、うぇえええええええええええ!?」

「リアクション遅《おそ》くないですか？」

「水無瀬！　ま、まままま、満点だよおい！　俺満点みたいだよ！」

「ええ、貴方は満点の変態ですよね」

「違《ちげ》ぇよ！　俺、テストで満点取っちゃっているよ！」

「みたいですね。驚きです」

そう言いながらも、水無瀬は既《すで》にいつもの鉄面皮で、しかも鞄《かばん》を持ってその場を去る仕度を始めていた。俺は慌《あわ》てて彼女にすがりつく！

「ど、どどどど、どうしよう水無瀬！　俺、どうしよう！」

「とりあえず屋上まで駆《か》け上《のぼ》って、フェンスをよじのぼり、大空へ向かってダイブしてみたらいかがでしょう」

「なるほど、今のテンションにぴったりだ！　行ってくる！」

俺は水無瀬に言われた通り教室を飛び出て、階段を駆け上り、屋上まで行き、フェンスに登り、いざ大空へと飛翔《ひしょう》――はせずに引き返し、全速力で教室まで戻って来て、まだ居《い》た水無瀬の胸ぐらを摑んだ！

「死ぬわ！」

「やっぱりリアクション遅くないですか？」

「そんなことより、やったよ水無瀬！　俺、やったよ！」

「もしもし警察ですか、さっきから『犯《や》った』だの『殺《や》った』だの連呼《れんこ》している変態がいるのですが……」

「通報すんな！　とにかく……俺は、やったんだよ水無瀬！　勝ったんだ！　俺は水無瀬に勝って、優良枠を――」

「いや、勝ってはいないでしょう」

「…………」

「…………」

「…………」

『…………………………………あ』

俺だけじゃなく、クラス全体が今気付いていた。そうだ。勝ってないじゃん。勝ってないじゃん俺！　同着じゃん！　同着一位じゃん！　でもそれじゃあ……。

巡が、代表して疑問を告げる。

「優良枠って……どうなんのよ、これ。満点二人なんて……前代未聞じゃないの？」

『………』

誰も答えられず、沈黙《ちんもく》する一年F組。しかしそれに構わず、ちゃかちゃか身支度を整える無表情女、一人。

「……では、失礼しま――」

『いやいやいや、この状況《じょうきょう》で帰んなよお前！』

「……とても面倒臭《めんどうくさ》いクラスですね」

そんなわけで。

年度末テスト成績発表会は、なんだかグダグダな結果のまま幕を閉じた。

＊

まあ結果から言えば、水無瀬が「別に私は優良枠《ゆうりようわく》がほしいなんて一言も言ってないわけですが」とか身も蓋《ふた》もないことを言い出したので、職員会議の結果、同着ながらも俺に優良枠の権利が与《あた》えられた。

結局そんなグダグダな経緯《けいい》で優良枠を獲得《かくとく》してしまったため、なんだか今ひとつ「水無瀬に勝ったぞー！」とか「優良枠をかっ攫《さら》ったぞー！」みたいな実感が無い。なんだこりゃ。一位になった暁《あかつき》には「あの水無瀬に勝ったんだぜ！」という自慢《じまん》を同じ学年のヤツにしまくってやろうと思っていたが、こうなってはどうも……。

とりあえず当たり障《さわ》りない「成績トップだぜ！（同着だけど）」を今は俺の自慢としている。うん、これから俺のハーレムになる予定の生徒会でも、トップ情報押《お》しで行こう。水無瀬という同着がいることについては、あえて触《ふ》れないでいこう、うん。

「…………しかし、緊張《きんちよう》するな、うん」

というわけで。

現在俺は、初めての会議に臨《のぞ》むべく、生徒会室の前で一人佇《たたず》んでいた。

奇跡《きせき》的にもメンバー全員既にちょっとした接点があるとはいえ、生徒会としては今日が初顔合わせ。

ずっと目標としてきた空間が、この戸の先にあると思うと……俺は、なかなか一歩が踏《ふ》み出せずにいた。

……本当は、早く行かなきゃいけない。他のメンバー四人が室内に居るのは分かっている。分かっているからこそ……逆に、入りづらいのだ。

「第一声は……何が、いいんだろうか」

やべぇ、生徒会に入ることばかりに意識が行っていて、その後の展望はあんまり考えていなかった。どうしよう、どうしよう。えーとえーと……。

「……杉崎君？」

「？」

生徒会室前でおろおろしていると、不意に声をかけられた。振《ふ》り向《む》くと、そこには久々に見る顔。

「お、おう、水無瀬。優良枠会議以来じゃないか？」

「そうですね。おかげでここ一か月ほどは、楽しい一時を過ごさせて頂きました」

「俺を災厄《さいやく》みたいに言うなよ！」

「それでどうしましたか杉崎君、そんなところで無駄《むだ》に二酸化炭素を排出《はいしゅつ》して」

「よくもまあ久々に会う人間にそこまで言えるもんだよ……。まあいい。いや、これから初生徒会なんだよ。それで……」

「なるほど、女子四名からの『キモイ』コールに備えていたと」

「どんな悲しい心構えだよ！　違《ちげ》ぇよ！　ただ最初の一言どうするかとか、そんなことを迷っていただけだよ！」

「ではごきげんよう」

「驚《おどろ》きのタイミングで帰るな！」

「いや、だって、私杉崎君の悩《なや》みに興味とか微塵《みじん》も無いですし」

「思ってても言うなよ！　ちょっとぐらい相談に乗ろうとかないのかよお前は！」

「仕方ありませんね、相談に乗ってあげます。……スカ○プDを使ったら如何《いかが》でしょう」

「誰も薄毛《うすげ》の相談はしてねぇよ！　生徒会での一言目を相談してんだよ！」

「『早速《さっそく》ですが、俺、ここを辞めます』」

「衝撃《しょうげき》の展開すぎるわ！　なんでそんなこと言うんだよ！」

「いえ、改めて考えてみると、貴方《あなた》が優良枠を取ったことによって、『杉崎が学年のトップです』という空気になっていることが、微妙《びみょう》に納得いかないことに気付きまして」

「負《ま》けず嫌《ぎら》いかっ！　お、俺優良枠は手放さないからな！」

「では代わりに家を手放して貰《もら》いましょうか」

「代償《だいしょう》でけぇっ！　っつうか、まともに相談乗らないなら帰れ！　俺は今から生徒会なんだよ！　水無瀬に構っている暇《ひま》ねぇの！」

「む、別クラスで大して接点も無く当然友達でさえない上完全に貴方を軽蔑《けいべつ》しているこの私に向かって、なんて冷たい対応でしょう」

「す、すまん……って、その関係性ならこの対応で充分《じゅうぶん》あってね⁉」

「まあいいです。私は帰って勉強します」

そう言うと水無瀬は、本当に俺に背を向けた。……自分から声かけてきたクセに、なんて勝手なヤツだ。しかし俺も水無瀬に構っている場合じゃない。生徒会での一言目を考えなければいけないのだ。

俺は水無瀬から再び生徒会室に目を向けると、うんうんと唸《うな》り出す。

——と。

「………私の時みたいに」

「ん？」

水無瀬が、こちらを振り返らないまま足を止め、何か言ってきた。その背中を見守っていると、彼女は改めて告げる。

「私の時みたいに、馬鹿《ばか》みたいに大それた目標を、掲《かか》げてみればいいじゃないですか」

「…………」

「……そういう人に、女の子はそこそこ好感を抱《いだ》きますよ。では」

「……え？　あ、おい、水無瀬？」

俺が呼び止めるにも拘《かか》わらず、水無瀬はスタスタ歩いていってしまった。

馬鹿みたいに大それた目標……ああ、トップが満点の水無瀬だと知らずに優良枠狙《ねら》い始めていた頃《ころ》の俺のこと言ってんのか。……って、なんだよ馬鹿みたいって。まったく。

……あれ？　なんかその後、あいつ変なこと言わなかったか？　あれ？　俺の気のせい？

まあいいや。とりあえず。

「目標……か」

そんなの、ハーレムルートに決まっている。……複数の女の子を幸せに出来る男になることに、決まっている。

……でもそんなの、直接女の子達に言うべきことなのか？　いや、流石《さすが》に最初は丁寧《ていねい》に挨拶《あいさつ》から入って……。…………。

「そんなの、らしくねぇか」

ニヤリと笑って、両頬《りょうほお》をパンッと叩《たた》く。水無瀬に会って自分に活《かつ》を入れ直した、あの秋の日のように。

……うん、言うことは決まった。まずは俺の気持ちを。素直《すなお》な、気持ちを。

たとえ引かれてしまったって、そんなの関係あるもんか。これは決意表明だ。

もう、俺の心に迷いはない。

なんせ……俺は「優良枠」。

あの、水無瀬と、一年戦って。あの水無瀬と、一位を争って。あの水無瀬と……一年F組の力を借りてようやくだけれど、肩《かた》を並べることも出来た。

あの、水無瀬と……だ。

――だったら、思いっきり胸を張れるじゃないか！

「うっし、行くか！」

遅《おそ》めの桜が舞《ま》い散《ち》る、碧陽で二度目の春。

俺は、確固たる希望と覚悟《かくご》を持って、初めて生徒会室の戸を——開いた。

「私を……私をそんな目で見ないで！」

by知弦

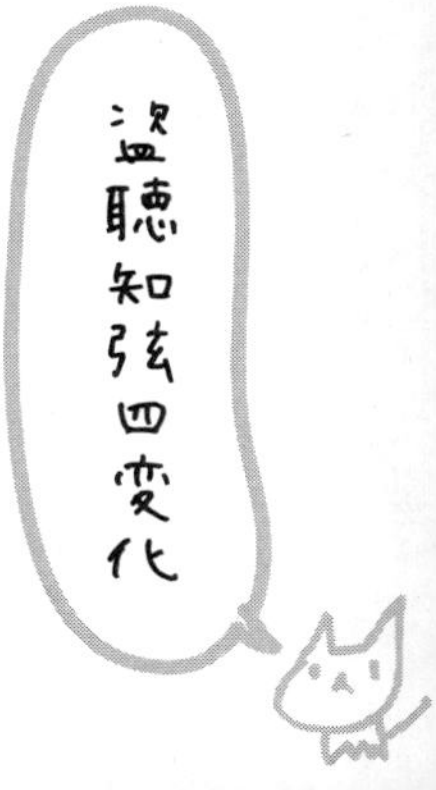

【盗聴知弦四変化《とうちょうちづるよんへんげ》】

第一に、今日は私とキー君の二人による、二人だけの、残業生徒会である。

第二に、アカちゃんと椎名《しいな》姉妹の欠席理由が、ほぼ各々《おのおの》の趣味《しゅみ》関連イベントである。

第三に、昨日の会議で取《と》り扱《あつか》った盗聴器《とうちょうき》が、キー君の胸ポケットについたままである。

第四に、私は既《すで》に三十分以上一人で仕事しながら待っている。

最後に、正直ナース服がもう辛《つら》い。


よって。


「書記紅葉《あかば》知弦、とてもとても正当な理由により、盗聴を開始するわハァハァ！」

私は自分の中から出来うる限りの理由を持ち出し、ある程度正当化した上で既にスタンバっていた盗聴器の受信スピーカーをオンにした。

ナース服着た私一人だけの生徒会室に、ザザザとノイズ音が響《ひび》く。

「で、このツマミを微調整《びちょうせい》……と」

《ザザザ……ザザ……。サッ、スサッ、スサッ、スサッ、スサッ》

「よし」

手際よく調整を終え、ニヤリと微笑《ほほえ》むニセナース一人。ノイズは薄《うす》れ、代わりに歩行中の衣擦《きぬず》れの音が漏《も》れてきている。これで良し。準備は万端《ばんたん》。

音質に満足し、私は椅子《いす》に深く腰《こし》を預ける。着慣れないナース服が少し突《つ》っ張《ぱ》った。

「まったく、どうしてこういう時に限って遅いのよ、もう。……盗聴しちゃうんだから」

歩行中なのであろう彼の衣擦れの音を聞きながら、ぷくっと頬を膨《ふく》らませてみる。ちょっと理不尽《りふじん》なこと言っているのは百も承知なのだけれど、それでも、不満を抱《いだ》かずにはいられない。

なんせ……。

「……今日は折角《せっかく》、二人っきりで——」

言いかけて頬が熱くなってきてしまったので、慌《あわ》てて続きを言うのをやめる。口に出すと何か決定的すぎる気がしたのだ。でも、やっぱり思考だけは止められなかった。

（二人だけの生徒会……ちょっと楽しみにしてたのに、なによ、もう）

自分がこんなに融通《ゆうずう》の利かない人間だったことに、自分でびっくりする。アカちゃんと親友やっていると、遅刻《ちこく》を始めとした失敗に対してはかなり耐性《たいせい》のある人間になっていると思ったんだけど……今日ばかりは、どうにもソワソワしてしまって駄目《だめ》みたい。

事前に、アカちゃんとキー君が二人で生徒会をやった時の話を聞いていたせいもあるかもしれない。あの話を聞いた時、私は不覚にも羨《うらや》ましく思ってしまったのよ。

それも、なんとキー君の方じゃなくて、アカちゃんの方に対して。

……もう、自分でもびっくり。それって、アカちゃんと二人きりより、キー君と二人きりのシチュエーションを魅力《みりよく》的に感じたってことじゃない。まあ、アカちゃんとは意識しなくてもよく二人きりになれるから、っていうのも少なからずあるとは思うけど。

……とにかく、そんなわけで今日は、ちょっとだけ……ほんのちょっとだけ、二人きりの生徒会を楽しみにしていたわけで。

それなのに、キー君はいつもの生徒会開始時刻より、既に三十分も遅《おく》れている。

更《さら》に、生徒会室で健気《けなげ》に待っている私に、連絡《れんらく》の一つもない。

なにより、おかげで私はもうかれこ三十分ナース服なのよ！

「もうこれは、多少盗聴したっていいでしょう……情状酌量《しやくりよう》よね？」

誰《だれ》にともなく確認してみる。というか、まあ、ぶっちゃけ読者相手よ。ここまで自分達の日常を片《かた》っ端《ぱし》から小説化されていると、たまにその辺にテレビカメラ、もしくは「読者」という名の透明《とうめい》人間が居《い》るんじゃないかと思えてくる。

今日は生徒会室に一人という状況《じょうきょう》のため、さしずめ一人でラジオ番組をやっているパーソナリティの気分といったところかしら。

――と、そこまで考えたところで、じゃあ、今日の私の服装のことも改めて説明した方がいいのかしらと考える。……ふむ。小説にするなら、盗聴シーンあたりからだものね。盗聴器からはまだ衣擦れの音しか聞こえない。私は暇潰《ひまつぶ》し的に、ラジオのパーソナリティになった気分で喋《しゃべ》り出してみることにした。

「えーと……そうね」

ん、意外と難《むずか》しいわね、これ。どこからどの程度喋っていいのか全然分からないわ。一人で喋る芸人さんって凄《すご》いのね。……うん、ちょっとまとめさせて貰《もら》って、と。

「はーい、皆《みな》さん元気ぃ？　知弦お姉さんだよぉ！　こんばっぱー！」

…………。

頬の熱が尋常《じんじょう》じゃないので、ちょっと待ってくれるかしら。悪いわね。あと、ごめんなさい、やっぱりテンション下げていいかしら。自分から言い出しておいてごめんなさいね。

「えーと、そうそう、今私はナース服を着ているわけだけれど。これにはいくつか理由があって、えーと……」

自分の状況喋るのって思っていた以上に大変ね。そして虚《むな》しい。というわけで、やっぱり慣《な》れないことはやめて、小説媒体《ばいたい》の方にフォーカスを合わせることにするわ。

私がナース服を着ている理由というのは、まあ、大きく言ったら単純に一つよ。

キー君を誘惑《ゆうわく》するため。

……うん、学校の生徒会室でなにを狙《ねら》っているんだお前はというツッコミはごもっともよ。私も流石《さすが》に三十分これで過ごしていると、かなり頭も冷えてきて、今や「なにしてんだ私」感がハンパ無いわよ！

ただ、ちょっと言い訳はさせて。まず誘惑と言っても、別に本気じゃあないのよ。キー君を、どぎまぎさせるのが目的っていうのかしら？　最近どうも初期の頃と違《ちが》ってキー君に主導権握《にぎ》られがちな私だから、ここらでちょっと突飛《とっぴ》なことでもして、私のペースに持っていきたいなというのが主な理由。

そこに、現在演劇部の部室改装にあたって、一時的に色んな衣装が生徒会室に運び込まれている……という偶然《ぐうぜん》が重なっての、この「生徒会室でナース服着用してキー君を待つ」という、正直一見した分には頭おかしいとしか思えない行動に至っているわけよ。

……わ、分かってるわよ！　三十分もしたら私だって気付くわよ、痛々しいって！

でもしょうがないじゃない、もうここまで来たらまた制服に戻《もど》るのも馬鹿《ばか》みた――


『あ、杉崎先輩《すぎさきせんぱい》。お疲《つか》れ様《さま》です』


「!?」

唐突《とうとつ》な誰かの声にびくんと身を強《こわ》ばらせるも、すぐにそれが盗聴器の受信スピーカーからだと気付いて気をとりなおす。どうやら、キー君が誰かに話しかけられたようだ。衣擦れの音が止まり（立ち止まったのだろう）、代わりにキー君の応じる声。

『おう、秋峰《あきみね》じゃないか』

「アキミネ？　誰だったかしら……」

ちょっと考えてみたものの、よく分からない。キー君の日常は小説化するにあたって簡単にだけど報告して貰っているから、割と把握《はあく》しているつもりだったのだけれど。もしかしたら、最近知り合ったばかりの人間なのかもしれないわね。

よく分からないけど、とりあえず彼の後輩、つまり一年生らしい秋峰（恐《おそ》らくこの漢字だろう）君とキー君がなにやら話し出した。

『あれ、でも杉崎先輩、今日は生徒会室で会議なさってないんですね？』

『ああ、そうなんだよ秋峰。俺《おれ》も生徒会室行きたいんだけどさ。行きがけに真儀瑠《まぎる》先生に捕《つか》まっちまって。手伝いで校内回ってプリント回収させられてんだ。ケータイも電池切れてるし、こうなったらさくっと全力でプリント回収やっちまうだけだと思ったんだが……これが思っていた以上にはかどらねぇんだわ』

あ、そうだったの。キー君はキー君なりに理由あったのね。カリカリしちゃってちょっと反省。……あのぐーたら顧問《こもん》はホント私と相性悪いわね。

それにしても、事情を知ってなんだか力が抜《ぬ》けてしまったわ。これは……もう盗聴しても仕方ないわね。キー君だって被害者《ひがいしゃ》なんだし。うん、よし、盗聴はもうやめま——

『あ、手伝いましょうか？　僕、先輩のためなら命《タマ》だって取ってきますよ』

「…………………………」

な、なにこの子サラリと。え、男の子よね？　き、キー君なんなのよ、その子。

『ははは、お前ならそう言うと思ったけど、いいよ別に』

「え、思ったの⁉」

なに、それ、どういうこと⁉　貴方達《あなた》どういう関係性⁉　私の知らない間にどんなことになってるのよキー君の人間関係！

私はスピーカーの電源を落とすのをやめ、座り直して聞き込んでしまう。

『そうですか？　まあそういうことなら仕方ないですね。……あ、でも、椎名今日普通《ふつう》に帰ってましたけど、アイツは手伝わなくていいんですか？』

え。椎名って……なにこの子、姉妹とも知り合いなの？　いったい誰なのよ……。

『ああ、真冬《まふゆ》ちゃんは予約忘れてたゲーム買わなきゃいけないらしいから』

『んだよ、アイツ。そんな理由で先輩に仕事押《お》し付けるなんて。分かりました、僕が今度一回ガツンと言っときますよ』

え、真冬ちゃんにガツンと言える人なんかこの世にいたの⁉

『別にいいって。今日は元々生徒会も人数少なかったし――っと、すまん秋峰、ちょっとトイレ寄りながらでいいか？　プリントのインクついちまって』

『あ、いいですよ』

う……男子トイレの盗聴は流石に罪悪感《ざいあくかん》あるわね……。ま、まあ、手洗うだけみたいだし、いいでしょう。いいわよね。いいのよ。

きゅきゅっと水道を捻《ひね》る音、そして水音を背景に、秋峰君がキー君に提案する。

『あ、先輩。《椎名の》穴埋《あなう》めという話でしたら、僕がちょっと電話すれば四十人弱を二秒で集められますけど』

何者よ！　どういうこと⁉　誰⁉　キー君その変な組織のボスみたいな知り合い何⁉

『あー、なるほど、それは集まりそうだけど……いいや、うざいし』

『ですよねー』

ちょっとキー君、そんな大組織に対してうざいとか言っていいの⁉　で、でもなんか相手も受け入れているみたいね……。

『おっと、じゃあな秋峰。人待たせてるからさ』

きゅきゅっと水道を止める音。

『了解《りょうかい》です。では、先輩さようなら』

『おう。あ、お前の従姉《いとこ》にして女神にして救世主の国立《くにたち》さんにもよろしくな』

本格的に何者よ――――！　従姉が女神で救世主⁉　じゃあ当人は何⁉　神⁉

…………なんだかよく分からない知り合いだったけど、まあ、キー君との関係はおおよそ先輩後輩ということでいいみたいね――

『あ、ついでに秋峰のことをいつも見守ってくれているお姉さんも、お疲れ様です』

「どういうこと⁉」

キー君、今誰に挨拶《あいさつ》したの⁉　もう一人いたの⁉　え、喋らなかったけどもう一人秋峰君の背後に誰か居たの⁉　なんか怖《こわ》くない⁉　それなんか怖くない⁉　しかも男子トイレなのにずっと付いてきてた女が居たの⁉　え、なに⁉　どういう人⁉

私の著しい混乱を余所《よそ》に、キー君は秋峰君（あとで詳《くわ》しく調べよう。そして小説でも書かせよう）と別れて歩き出したようだ。また衣擦《きぬず》れの音、そしてたまに周囲から「杉崎君ばいばーい」だのという声が聞こえてくる。

……むむむ。キー君が遅れている理由が分かった以上、盗聴《とうちょう》はもう控《ひか》えておこうと思ったはずだけど……なんだろう、消す気がしないわ。

……い、いいわよね。もうちょっとだけ聞いていても、いいわよね。そうよね。本来なら、私と居るはずの時間だものね。聞く権利、あるわよね。

私は若干無理矢理《じゃっかんむりやり》な論理で自分に言い訳をすると、再び盗聴に耳を傾《かたむ》ける。

しばしの歩行音と、淡々《たんたん》としたプリント回収作業がしばし続いた後、再び誰かから声がかかった。

『あら、杉崎じゃない、放課後に珍《めずら》しい。何してるのよ』

誰かしら。女の子のようだけど……。

『げ、巡《めぐる》』

巡？……ああ、キー君のクラスメイトのアイドルね。実際に会ったことはないけれど、中目黒《なかめぐろ》君の書いた原稿《げんこう》でちょっと知ってるわ。確かキー君にちょっと気がある子じゃなかったかしら。…………。……集中力二割増しで聞くことにしようかしら。

『お前こそ、まだ残ってたのかよ』

『不本意ながらね。学校に直接迎《むか》えに来るハズだったマネージャーが遅《おく》れてるのよ。でも家戻るのも面倒《めんどう》だし、校内で待機中』

『そうか。じゃあな』

『ちょ、ちょっと待ちなさいよ！　なんでそんなあっさり行っちゃうのよ！』

『いやむしろ、なんであっさりすれ違わないのかと』

『そ、そんなの……。とにかく！　ちょっと会話に付き合いなさいよ！』

『えー。俺ちょっと急いでいるんだけどな、マジで』

そ、そうよ。キー君はこれから私と二人で楽しくお喋《しゃべ》りするのよ。あんまり彼の邪魔《じゃま》をしないでくれるかしら――って、わ、私、何考えてるのよ。

軽く嫉妬《しっと》していた自分に気付いてぶるんぶるんと頭を振《ふ》る。そうこうしている間にも、二人の会話は進んでいた。

『しゃーねーな、ちょっとだけだぞ。んで、なんだよ』

『なにって……あ、そうそう、これからの仕事で着る衣装なんだけど……その……杉崎は、どんな衣装が好み？』

その質問に、私はぴくりと反応する。……キー君の好み……。これは、コスプレして待つ時の参考になるわね。キー君は「そうだな……」としばし考え込み、なんだかハッキリしない様子で答えた。

『巡が着るのなんて正直なんでもいいけど……』

『ほう』

『大人なセクシー系が好きです』

何かに怯《おび》えた様子でキー君が答える。それに対し、巡さんは「そ、そっか」と何やら満足した様子の声を出していた。……な、なんかもやもやするわね。

キー君と巡さんはそこで別れ、再び彼の退屈《たいくつ》な回収作業が始まる。そんなのを集中して聞いていても仕方ないので、盗聴は続けつつも、私は演劇部の衣装の方へと目を向けた。

「大人なセクシー系……か」

そうなると、ナース服というのはどうなのかしら。セクシーと言えなくもないけど、ちょっと微妙《びみょう》なラインよね。

私は席から立ち上がると、ごそごそと衣装を漁《あさ》ってみる。

「セクシー、セクシー…………あ」

うさみみに、レオタードに、網《あみ》タイツのセット——つまり、バニーガール衣装を見付けてしまった。一体なんの演劇に使ったのよ……。……でも……。

ごくりと唾《つば》を飲み込み、盗聴音からまだキー君はこちらに来なさそうなのも確認する。

「き……着替《きが》えておこうかしらね、うん」

そ、そうよ。今日は特別な日だもの。やり過ぎなぐらいで、丁度《ちょうど》いいんじゃないかしら。

私はぐっと恥《は》じらいを抑《おさ》えると、強い決意をもってナース服を脱《ぬ》ぎ去った。

う、うん、セクシー系。いいわね、セクシー系。私のバニーガール。キー君がドキドキすることと間違《まちが》いなしね！　いけるわ！

　私はうきうきと、レオタードを着て、網タイツを穿《は》き、うさみみを着け――

『あ、これはこれは、変態ロリショタペド副会長の杉崎君じゃありませんか』

「えええええええええええええええええ――!?」

　ザ・大人セクシー衣装を身につけながら、私は盗聴器から漏《も》れ聞こえて来る声に驚愕《きょうがく》した！　キー君もまた、私と違った種類の大きな声で応じている。

『お前のそれは最早《もはや》まごうかたなき名誉《めいよ》毀損《きそん》だと思うんだが、水無瀬《みなせ》！』

『では次は裁判所で会いましょう杉崎君』

『おうおうおう、望むところだ！　今回こそお前に吠《ほ》え面《づら》かかせてやんぜ！』

『さて、バイト先で貴方の買ったギャルゲータイトルをリストアップでもしま――』

『すいませんでした水無瀬様』

　不意に、ゴリゴリとマイクが何か硬質《こうしつ》なものに擦《す》れる不思議な音が――。

『うん、土下座がサマになってきましたね、杉崎君』

「キー君土下座してるの!?」

な、なんて悲しい男子なのかしら、キー君。それはそうと、また女の子の知り合いと出会ったようだ。しかも今度は私もよく知らない子。キー君、意外と生徒会以外でも女の子と喋ってるのね……。……むぅ。

土下座から直立に復帰する音の後、キー君のすっかり消沈《しょうちん》した声が聞こえてくる。

『くそ……成長しているのに、どうしていつまで経《た》っても水無瀬には勝てないんだ……』

『まあ貴方《あなた》のレベル99は私のレベル1とほぼ同ステータスですから』

『上位種族かよっ！　畜生《ちくしょう》、どうしろってんだ！』

『まず生まれ変わります』

『既《すで》に困難極まりねぇ！』

『続きはウェブで』

『だから驚《おどろ》きのタイミングでテキトーに切り上げようとすんな！　ちょっと待てよ！』

『杉崎君、すいませんが私はあまり虫が得意じゃないのですよ』

『なんで今それ言った⁉　なあ⁉　なあ⁉』

キー君が手玉に取られていた。な、なんなのかしら、この子。私とはまた違った、エグいドS精神に溢《あふ》れているわね。

キー君に引き止められた水無瀬さんとかいう女性が、気怠《けだる》そうに応じている。

『ところで杉崎君、こんなところで何をしているのですか？　交番は二キロ先ですよ』

『いや出頭とかしねぇし！　ただの仕事だよ！　ちょっとした回収作業！』

『なるほど、それで下着はどれくらい集まりましたか？』

『んなもん回収するかっ！　プリントだよ、プリント！　先生から頼《たの》まれたんだ』

『…………え、杉崎君、もしかして真面目《まじめ》に仕事してたんですか？』

『お前は俺をどう見てるんだよぉっ！』

な、なかなかユニークな子ね。最初は女の子相手ということでちょっと嫉妬したけど、なんか私、反応間違っていたかもしれないわ。

キー君はぶつぶつと小さく文句を呟《つぶや》いた後、「まあいいや」と仕切り直す。

『そもそもお前、何を根拠《こんきょ》にロリだのショタだのペドだの言い出したんだよ』

『貴方の購入《こうにゅう》ギャルゲーの傾向《けいこう》ですが、何か』

『……うん、ごめん、なんか反論のしようが無い』

キー君が落ち込んでいた。それにしてもこの相手、どうしてキー君の買うゲームを具体的に知っているのかしら。相当親しい相手なのかしら。……はっ！　まさか、家まで行き来する仲だったり――

『あ、杉崎君、これ以上喋るならとりあえず先に代金だけ頂《いただ》いてよろしいですか？』

『俺と喋るのは最早労働レベルですかっ！　じゃあもういいよ！　帰れ帰れ！』

――では、なさそうね。仲の良いもの同士のじゃれあいというレベルを超《こ》えた憎《にく》しみあいだわ、これは。

そのままキー君と水無瀬さんが別れたため、耳を澄《す》ますのをやめる。

それにしても、ロリショタペド……。それは彼女の言い過ぎだとしても、ゲーム購入傾向自体はそっち系らしいわね。

「バニーは、違うかもしれないわね」

生徒会室に備え付けの姿見で自分を確認する。まあ確かにセクシーはセクシーだけど、変な話、無難すぎるようにも見えてきた。私のキャラ的に、ぴったりすぎるというのかしら。キー君からしても予想の範疇《はんちゅう》で、そもそも「不意を突《つ》いて主導権を握《にぎ》り直す」という今日の目的には若干反しているのではないかしら。

そんなわけで、私は再び衣装を漁り始める。今度は、幼く見える格好《かっこう》というテーマを主《しゅ》軸《じく》に。

「ロリ……ねぇ」

アカちゃんだったら、何着てもいけそうだなと思ってしまう。たとえこのバニーガール着たところで、彼女のジャンルはロリだろう。羨《うらや》ましい。……いや、羨ましいか？

「それに比べて、私はねぇ……」

自慢《じまん》するワケじゃないけど、正直スタイルが良すぎる。何着たって、悪い意味でセクシーになってしまうんじゃないかしら。幼さを感じさせつつも、私が着て違和感《いわかん》ありすぎない服……そういうのがあれば、いいんだけど——

「……あ」

取り出したのは、黒と白を基調にしたフリル付きのドレスやカチューシャ一式。一瞬《いっしゅん》メイド服かと思ったものの、どうやらちょっと違うようだ。これは……。

「ゴスロリ系って……言うのかしら」

広げてみると、なるほど、これは面白《おもしろ》いかもしれない。ふわふわと幼さを感じさせつつも、黒や白といった色合いは私の雰囲気《ふんいき》にマッチする。なにより……ちょ、ちょっと着てみたい…………こほん！

「あ、あくまで、キー君を誘惑《ゆうわく》するためよ。たまに可愛《かわい》い系の格好したいからとか、そんなんじゃ、ないのよ？」

見えない読者、もしくはカメラに言い訳しつつ、バニー服をぽいぽいと脱ぎ捨ててゴスロリファッションに身を包む。付属品のカチューシャやニーソックス、専用の靴《くつ》までも履《は》き、備え付けの鏡の前に立ってみる。……うん。

「い……いいかもしれない」

鏡の中で頬《ほお》をほんのり染めた私が微笑《ほほえ》む。なにこれ。新境地よ。幼さを感じさせつつも、そこに「妖艶《ようえん》」や「小悪魔的《こあくま》」といった要素が複合的に含《ふく》まれる、かつてないキャラを確立しているわ、今の私！　また、ロリを目的としながらも、スタイル抜群《ばつぐん》の私が着ることによって、ほのかな、鼻につきすぎないほどのエロスを醸《かも》し出すことにも成功している！

「……いける！　いけるわ！　この邪悪《じゃあく》とさえ思える誘惑に、キー君はきっと勝てな――」

『……あー、清楚《せいそ》で清浄《せいじょう》で神秘的な女の子と出逢《であ》いてぇー』

「えええええええええええええええええええええええええええええ!?」

鏡に映った小悪魔が愕然《がくぜん》とする！

なに今の!?　え、独り言!?　なんで!?　なんでこのタイミングでその独り言!?　狙《ねら》ってるの!?　絶対狙ってるわよねぇ!?

私が完全に静止する中、キー君の独り言は続く。

『巡といい、水無瀬といい……どうも去年から俺の出逢う女の子は偏《かたよ》っている気がする。

生徒会含めて』

む、失礼な。うちの生徒会のどこが偏って……。…………。うん、それはいいとして。

『清楚というなら林檎《りんご》がそれにあたりそうだけど……まあ、あれはあれで突飛《とっぴ》だしなぁ』

そ、そうね。サラリと暴言吐《は》くし、兄のことになると行動力尋常《じんじょう》じゃないものね。

『あー、なんかこう、清楚でお淑《しと》やかで神秘的で常に半歩下がったような女の子と――』

『おーほっほっほ！　つかぬところで出会いましたわね、杉崎鍵《けん》！　早速《さっそく》取材ですわ！』

『――出逢い……てぇ』

キー君の独り言が萎《しぼ》んでいく。確かに若干可哀想《じゃっかんかわいそう》だった。そして私もキー君も、神様が意地悪しているとしか思えない、間の悪い人生を送っているわね。

とりあえず、ゴスロリ衣装のまま席に着いて盗聴《とうちょう》に耳を傾《かたむ》ける。

『普段《ふだん》なら生徒会の会議を行っているはずのこの時間に、こんな場所をうろついているなんて……いよいよクビになったのですわね!?』

『いやなってないですよ。ただプリントを――』

『ふむふむ、杉崎氏は「俺の力が至らなかったばかりに……」と顔をしかめた、と』

『完全捏造《ねつぞう》じゃねえかよ！　だったらなんのための取材だよ！』

『取材したという事実を残すためだけの、取材ですわ』

『高校生の学生新聞がそこまで腐敗《ふはい》しますかっ！』

キー君と藤堂《とうどう》さんがいつも通りのやりとりをしている。藤堂さんも相変わらずね……。ある意味これだけキャラがぶれないと、ちょっと尊敬に値するわ。

「それはそれとして……と」

そんなことを考えつつも、私は再び衣装ボックスをちょっと泣きそうになりながら漁《あさ》っていた。

「ナースもセクシーも小悪魔も駄目《だめ》って……もう、どうしたらいいのよ」

分からない。キー君の好みは本当に分からない。私が一体何を着たら満足だというのよ……。

「…………あ」

そこで、恐《おそ》ろしい考えに行き当たる。

もしかしてキー君……そもそも、私自体が、好みじゃないんじゃ……。服装とか、そういう問題じゃなくて。私本人が……もう、好みじゃ、ない。

「…………」

……そうなのかもしれない。最近主導権が握られがちなのも、折角《せっかく》の二人きりの生徒会に遅《おく》れてくるのも、それで全部説明がつく。

……だとしたら、笑えるわね。なにしているのかしら、私。大前提が間違《まちが》っているのに、こんなに何回も着替《きが》えたりして。……馬鹿《ばか》みたい。

「もう……やめようかしら、着替えも、盗聴も……」

なんだか、全部馬鹿らしくなってしまった。私は制服に着替えようとゴスロリ衣装を脱《ぬ》ぎ始め、同時に盗聴音を消そうとスピーカーのスイッチに手をかける。

『すいませんリリシアさん、俺今日急いでいるんで、取材とかまたにして下さい』

『なにを言ってますの！　珍《めずら》しく生徒会活動していない今をおいて、いつ取材しますの！』

そうよ、別に急がなくていいのよキー君。今日の生徒会活動なんて、私が勝手に楽しみにしていただけで、元々やらなくてもいいような——

『勘弁《かんべん》して下さい。今日の生徒会、俺、かなり楽しみにしているんですから！』

「──え？」

　スイッチに伸《の》ばしていた指を止める。

『なに言ってるんですの。クビになったんですわよね？』

『だからなってないですって！　たまたま他の雑用で生徒会行けてないだけで！　まあ、今日は生徒会メンバーあまり集まらないんで、半分休みみたいなもんですけど……』

『だったら、取材に付き合って下さってもよろしいのでは？』

『それはそうなんですけど……いやもう、ホント勘弁して下さい。この通り』

『ちょ……な、なにを頭下げているんですの！　調子狂《くる》いますわね……』

　キー君、どうしてそこまで……。

　私が盗聴をやめられずに止まっていると、スピーカーから、どこか照れたような彼の声が漏《も》れてきた。

『俺、いつもの皆《みんな》がいる生徒会も大好きだけど……知弦さんと二人で過ごすっていうのも、珍しくて……今日はこれでも凄《すご》く凄く楽しみにしていたんスよ』

　……あ。それって、私と同じ──

『今日は紅葉知弦と二人きりですの？……スクープの匂《にお》いがしますわね。分かりました、わたくしもついて行きます！』

『いや二人で過ごさせろよ！　話聞いてましたか⁉　ああっ、もう……失礼しまーす！』

『あ、ちょ、杉崎鍵！　待ちなさい！』

直後、ゴォーッという風を切るような音。どうやらキー君が走っているらしい。生徒会役員が廊下《ろうか》を走るなんて、まったく……。

………………。

私は何も言わず、しかし盗聴を切ることなく、再び演劇部の衣装を漁り始めていた。

着替えよう。

いつもの制服にじゃない。

驚《おどろ》かせるためのコスプレでもない。

ただ本気で。

キー君が喜ぶ格好をしていてあげたい。それがどういう気持ちなのか、まだ言葉には出来ないけれど。でも、心から、そう思う。

「……清楚……神秘的……。……あ」

箱の奥《おく》の奥、底の方に、赤と白の布地を見付ける。もしやと思って引っ張り出してみると、それは、私の予想通りで……そして、まさに今ぴったりの服だった。

「巫女服《みこ》……。清楚で、清浄で、神秘的。……ふふっ」

思わず小さく笑ってしまう。私ったら、今日は本当に、何をしているのだろう。彼の好みに合わせて、一喜《いっき》一憂《いちゆう》して。

ちょっと落ち込んでしまったりもしたけれど……でも、こうやって彼の好みをあれこれ考えて待つのが、実は結構楽しくて。

「うん。何を弱気になっているのよ、紅葉知弦。私は美人。うん、美人よ」

自分で言うことじゃないのだけれど、今日ばかりは言い聞かせるように呟《つぶや》く。

「こんな私が彼好みの格好をしていたら……あのキー君が喜ばないなんてこと、あるはずないじゃない！　よし！　今日は絶対に彼をドキドキさせてみせるわよ！」

自信を取《と》り戻《もど》して、パンパンと軽く頬を叩《たた》き、気合いを入れ直す。

よし、やるわよ！

私ははやる気持ちを抑《おさ》えられず、力強く巫女服を机の上に取り出すと、ゴスロリ衣装を脱ぎかけのまま、巫女服の着用にとりかかった！

しかし流石《さすが》に無理があって衣装とくんずほぐれつしてしまい、さっきから脱ぎ散らかすカタチになってしまっているナース服やバニー衣装まで絡《から》んでしまうわで、半裸《はんら》のまま大変な状況《じょうきょう》に——

『あ、走ってたら丁度《ちょうど》生徒会室の前じゃん。よし、知弦さんに軽く挨拶《あいさつ》していくか』

「え？」

ガラガラガラ。スピーカーとリアルの、両方から同じ音が聞こえた。

そして更《さら》に続く、同じ音声。

『え』

ステレオ状態のキー君の戸惑《とまど》い。

ステレオ状態の、私の、戸惑い。

「…………………………」

「……状況を整理しましょう。

私は現在、ゴスロリ衣装をほぼ脱ぎ捨てた下着状態に巫女服やバニー衣装やナース服が体に絡みきゃあああああああああああああああ!?（思考放棄《ほうき》）

『きゃあぁぁぁぁぁぁぁぁぁぁあああ！』

『いや、え、あ、すいま、ぐふぉあ⁉』

『いやぁあああああああ！　エッチ！　エッチ！　キー君の変態！　変態！』

『す、すすすす、すいまぐふぉあ――――――――！』

キー君が吐血《とけつ》レベルの鼻血を噴《ふ》き出《だ》しながら生徒会室のドアを閉めて遠ざかっていく！

しかしそれでも聞こえ続ける絶叫《ぜっきょう》と鼻血音！

私は私でただただ顔を熱くし、その場にゴロゴロと転がって衣装という衣装を体に巻き付けまくり、それでも止まらずずっとゴロゴロゴロゴロゴロゴロ……。


そんなわけで、結局その日は全く会議にならなかったわけだけど。

まあ、ある意味彼を誘惑《ゆうわく》するという目標自体は達成出来たわけだし、良かったんじゃないかしらね、うん。

…………。

良かったということに、しておいて。お願いだから。本当にお願いだから。

立碧陽学園生徒会

Hekiyoh School studen

あとがき

緊急《きんきゆう》メール連絡《れんらく》　生徒会役員各位へ

顧問《こもん》　真儀瑠《まぎる》　紗鳥《さとり》

まず結論から言う。

葵《あおい》せきなが逃《に》げた。

葵せきなっていうのはお前らも知っての通り、富士見書房《ふじみしょぼう》から生徒会の記録をライトノベルとして刊行する際に様々な面倒事《めんどうごと》を回避《かいひ》するため、プロとしての名義《めいぎ》だけ貸して貰《もら》っているド三流ライトノベル作家（実状・ゲームとアニメとネット動画漬《づ》けのニート）だが。あの糞《くそ》作家、遂《つい》に、本を作る上で唯一《ゆいいつ》の仕事であるところの「あとがき」さえ書きたくないと泣いてごねた上に行方《ゆくえ》をくらませやがった。

なぁ、生徒会役員達よ。国語教師として私は今心から疑問なのだが……。

作家のプライドって、なんなんだろうな。

まあ元々杉崎《すぎさき》が書いたモノをそのまま自分の本として垂《た》れ流《なが》している時点でヤッにそんなものは期待していないが、それにしたって、数か月に一回あとがき書くだけの仕事さえイヤなら、そもそもなぜ作家になったのかと。

とはいえ、あまりに希薄《きはく》なのだが、そこには全く事情がないわけでもない。

なんと今回、あとがきが十七ページもあるらしいのだ。

ファンタジア文庫では理論上の、最高値だ。

最早《もはや》それはあとがきというよりエッセイなのではというレベルだ。

……それにしたって、「お前何もしてないんだからそれぐらい書けよ！」と言いたいところではあるのだがな。

とにもかくにも、そんなわけでもう締切《しめき》り直前だというのに、あとがきがまるで上がる気配が無い。当然葵の捜索《そうさく》は行っているし、確保後は私の在籍《ざいせき》するとある組織の力も投入してしかるべき制裁《せいさい》は加えるつもりだが、残念ながら今回のあとがきばかりは、もう無理だ。彼に書かせている時間は無い。

そんなわけで、もう察《さっ》しはついているだろうが、お前らに富士見書房から緊急の仕事を依頼《いらい》された。
各々《おのおの》、明日《あした》までにあとがきを約三ページ程ずつ書いて、提出するように。
余ったページについては私が序文等で調整してやるから安心しろ。
また、本に掲載《けいさい》する時はこれも創作の一環《いっかん》かのように文章構成するので、任せておけ。
では急な宿題で申し訳無いが、よろしく頼《たの》む。

【会長のあとがき（例の如《ごと》くレコーダー収録後、書記により文章化）】

やぁやぁ、読者の諸君。
私がこの本の実際の作者にして主人公にしてヒロインにして神、桜野《さくらの》くりむ大先生だ。
うぉっほん！　うぉっほん！　うぉっほーーん！　くるしゅうない、くるしゅうない。
……なんだっけ。あ、そうそう。
今回の巻には、愛と、友情と、努力と、えーと、じょ、情熱？　と、あと……美味《おい》しい方がいいから……グラニュー糖とオレンジ果汁《かじゆう》をたっぷり詰《つ》め込んでみた！

とても満足いただけたことと思う。私は満足。作家が満足なら、皆《みんな》も満足。

思えば、私が恐《おそ》るべき創作の才能を発揮《はっき》し始めたのは、一歳の時だった。

母親が言うには、私は、言葉もろくに喋《しゃべ》れないというのに、初めて握《にぎ》ったクレヨンで般《はん》若心経《にゃしんぎょう》を書いていたというのだ。

いやホント。これホント。…………。……ホントはちょっとだけ盛《も》った。ちょっとだけ。

実際は平仮名《ひらがな》を書いていただけ。…………。…………せ、正確に言うなら、「なんか文字っぽいものを沢山《たくさん》書いていた」だけ、だけど。

…………。

それはさておき！

私がこの小説に込めた想《おも》い。それは……私が如何《いか》に可愛くて完璧《かんぺき》かということだ！

それは、諸君にも、ドラマガ表紙や各種プロモーションの主役回数で、充分《じゅうぶん》伝わっていることと思う！

私ぐらいになると、最早文庫や雑誌どころか、DVDやDSのパッケージにさえ進出しているからね！　ねんどろいどにもなっているからね！　忙《いそが》しい忙しい、やー、売れっ子は大変ですなぁ、えっへっへ。

そんな私の朝は、一杯《いっぱい》のコーヒー……牛乳から始まります。その後、セーヌ川を臨《のぞ》むオシャレなカフェテリア……のテレビ中継《ちゅうけい》を見つつ、本場の焼きたてフランスパン……を越《こ》えたと言っても過言《かごん》ではない甘い菓子《かし》パンを、イケてるフランス人男性……と一度街ですれ違《ちが》ったことがあると語る母（38歳）と食べて、朝の優雅《ゆうが》な一時《ひととき》を楽しむのです。

ふぅ……悲しいことだけど、やっぱり庶民《しょみん》とは生活からして違うんだよね。私ぐらいの天才的感性による爆発的《ばくはってき》ヒット作を作るには、ライフスタイルからして変えていかなきゃいけないと、常々思っているんだよね。

うん？　どうしたの知弦《ちづる》、手が震《ふる》えているよ。ちゃんとレコーダー持ってしっかり録《と》るんだよ！　じゃないと、後で原稿《げんこう》に起こす知弦が苦労するんだからね。……うん、目が笑ってないのは気になるけど、それでよし。

えーと、どこまで語ったっけ。あ、そうそう、私の作品が如何に芸術性に溢《あふ》れているかっていう話だったね。

あれだね。まず発想が違うよね。あえて生徒会室に舞台《ぶたい》を限定するっていうね。なんていうの？　逆転の発想？　まあ私的には日常茶飯事なんだけど。庶民からすると、あまりに高尚《こうしょう》すぎて理解することも難しいレベルかもしれないね。

無知《むち》な皆のために私が仕方なく、優しく解説してあげるけど、舞台を生徒会室に絞《しぼ》った重要な理由は、ただ一点。なにか分かるかな？

そう！　私が目立つからだよ！

数学的に説明するなら、

桜野くりむ成分が多い小説　＝　売れる小説

ということなんだよ！

もっともっと発想を飛躍《ひやく》させれば、究極的には、

桜野くりむ　＝　水〇ヒロ

ということにさえ、なりうるんだよ！　あまりに飛躍していて、凡人《ぼんじん》には理解出来ないと思うけどね！　私の中では繋《つな》がっているんだよ！

おっと、ちょっと語りすぎてしまったようだね。

まだまだ偉大《いだい》な創作論は語り足りないけど、じゃあ、今日はこんなところで！

サラダじゃっ！

＊　録音中イライラしたので、最後噛《か》んだところまで文章化しました　紅葉《あかば》知弦

【知弦のあとがき】


この度《たび》は生徒会の一存シリーズ外伝短編集第四弾《だん》、『生徒会の水際《みずぎわ》』をお買い上げ頂き、まことにありがとうございました。

これで私達の本も計十三冊出た事になります。ここまでシリーズを続けてこられましたのも、偏《ひとえ》に皆様《みなさま》の応援《おうえん》のお陰様《かげさま》でございます。

今後とも是非《ぜひ》ご贔屓《ひいき》のほど、よろしくお願い致《いた》します。

これで提出しましたら、顧問に「短い。自分の言葉で書け」と突《つ》き返《かえ》されたので、仕方なく追記したいと思います。

私がこの本に抱《いだ》く想い。それは……ただただ、面倒だということよ。

これ一見キー君が一番割を食っているように見えて、その実、執筆《しっぴつ》以外の部分——連絡《れんらく》及《およ》び交渉《こうしょう》や企《き》画《かく》会議等は全《すべ》て私に一任されているため、正直、限りなくだるいのよ。

まったく、どうしてそこそこ売れちゃったのかしら。おかげでアカちゃんが調子に乗って、これで十三冊も出る結果（予定）となっているわけで。

……忌々《いまいま》しいったら、ありゃしない。早く終わればいいのに。

これで提出しましたら、顧問に「自分の言葉すぎるだろう！　オブラートに包《つつ》め！」と言われたので、包んで追記します。

私はこのシリーズが、大好きです。どこが大好きかというと、私やキー君に「充実《じゅうじつ》したひととき」を与《あた》えてくれるからです。いえ、最早「ひととき」どころではなく、「ひゃくとき」ぐらい与えて貰っていると思います。

そういった意味では、富士見書房の皆さん、そして読者の皆さんに対し　深い感謝を禁じ得ません。

どう見ても青春真っ盛りです。本当に、ありがとうございました。

これで提出しましたら、顧問に「嫌味《いやみ》すぎるだろう！　ああ、もう、せめて最後にフォローぐらいしておけ！」と言われたので、フォローを追記します。

印税、一杯儲《もう》けたので、それだけは嬉《うれ》しかったですよ。ありがとうございました。

＊なぜか今日は書記の機嫌《きげん》がとても悪く、本当にすみませんでした。　顧問より

【真冬《まふゆ》のあとがき】

皆さん、狩《か》ってますか？

ＰＳＰでモン○ン最新作出ましたですね！　真冬もガリガリ狩っております！　一人で！　ま、真冬ぐらいになると、全てのモンスターが一人で充分なだけです。

……全国のソロハンターの皆さん！　皆さんは、ある意味、一人じゃないです！　一人じゃないのですよ〜！　心の中に、ア○ルー以外の仲間がいるのですよ〜！

というわけでここから原稿約四百枚に及《およ》ぶ真冬のモ○ハン奮闘《ふんとう》記録を綴《つづ》ったのですが、先生に「それはブログでやれ」と言われたので、泣く泣くカットです。

でもあとがきって、趣味《しゅみ》語る場でもあると思うのです！　というわけで、真冬は本のこ

とを語りつつも、趣味を最大限に活《い》かしていこうと思います！

ずばり、真冬的今巻の見所は、先輩《せんぱい》とアキバ君の新しい恋愛《れんあい》関係、そしてそこに中目黒《なかめぐろ》先輩を交えた三角関係のスタートです！

いやぁ、なんと読み応えのある巻でしょう。まさかのここに来て新男性キャラ投入とは、碧陽《へきよう》学園もやってくれるものです。……まあ、前から真冬の隣《となり》に居た生徒ですけど。

でもここだけの話ですが。

真冬……実は、密かに、ダークホースとして本命視（不思議な言葉です！）している人物……というか、関係性がありまして。

それは……ズバリ！

杉崎鍵《すぎさきけん》　×　宇宙守《うちゅうまもる》
なのですよ！　ひゃー！　言っちゃいました！　言っちゃいました！

でも今超《ちょう》熱いカップリングなのですよ！　真冬が中目黒先輩やアキバ君をぐいぐい推《お》すため、先輩は逆にちょっと引いちゃうところあるのですが！　それだけに、現状あくまで「友達」として接している宇宙守先輩とのやりとりが、こう、気取らないツン×ツン同士で……これまたいいのですよぉ――――――――――！

でもこれは、先輩達には内緒《ないしょ》なのです。真冬と読者さんで、ひっそり、暖かく見守らせていただくのですよ。ふふふ……。

さて、スペースが余ったので、チラシの裏代わりに愚痴《ぐち》でも書きますです。

すれ違い通信って、田舎《いなか》の人に優しくないシステムだと思うのです！　あと、たとえ都会でも、ポ○モンやドラ○エ級のタイトル以外は、そうそうすれ違えない罠《わな》！

「四人協力プレイ可能！」って、実はそんなに嬉しくないです！　真冬はネットの一部廃《はい》人《じん》以外、簡単に四人も人を集められないです！　そして四人前提《ぜんてい》のものは、一人プレイだとかなり厳しい傾向《けいこう》にあります！　まあ真冬は上手いからいけますけどね！

今時のゲームに「通信対戦可能」って書くなら、ネット対応も当然のようにそこに含《ふく》んでいくべきだと思います。リアルで集まれるなら……苦労は無いのです！

富士見書房には、いつか『真冬は友達が少ない』でも書かせて頂きたいものです！

【深夏《みなつ》のあとがき】

最近ボーリングで450点を取りました。次はもっといけそうです。〈深夏〉

……え、あとがきって、ジャ○プの巻末のあれじゃねーの？　もっと分量書くの？　んだよ、そういうのは早く言ってくれなきゃ困るんだよなぁ。ったくよぉ。

えーと、そうだな。じゃあ、こういうのはどうだ。

その扉《とびら》の先にあるのは……

「母さぁあああああああああああああああああん！」

果たして絶望か、希望か……

「まさか……次はこの街を消すつもりなのかっ！」

今、禁忌《きんき》の闇《やみ》を抜《ぬ》けて、その異形《いぎよう》が姿を現す……

「ああ、キミ、すまないが、その左目をくれないかね」

悲鳴と慟哭《どうこく》の最新十巻、今秋発売予定……!!

……え、違うの？　あとがきってそういうことじゃねーの？　だってほら、ハガ○ンとか進○の巨人《きよじん》とかじゃ……え、コミックとは違うの？　んだよ、だからそういうことは先に言えってーの。
　つまりなんだ、こういうことなんだろう。

次回の生徒会最新号は！
今年の秋冬は燃えるような紅《あか》が熱い⁉　最新トレンド特集！
カレを落とすための「キメ」服は柔道着《じゅうどうぎ》で決まり！　ブランド柔道着百選！
美少女クマハンターが語る、オシャレの流儀《りゅうぎ》と、命の流儀！
気になるカレは胃袋《いぶくろ》から攻《せ》めろ！　レンジで簡単に作れる兵糧丸《ひょうろうがん》はこれだ！
若者が集《つど》う戦場の街角で女の子百人にアンケート！　今一番欲しいものは「平和」！
超ダイナマイトプレゼント企画も多数！　今年の爆発物《ばくはつぶつ》はこれでゲットだね！
付録は、移動にちょ〜便利な女の子のマストアイテム、「赤兎馬《せきとば》」！　風になれ！

……え、違《ちが》うの？　あとがきって、オシャレな予告じゃねーの？　え？　そもそも予告でさえねーの？　んだよ、そういうのは先に言ってくれないと。先生、あたしも、暇《ひま》じゃねーからさ。わざわざ真冬のパソコン借りて文章をチャットで送ってるのも、メールより手早く済ませたいからなんだぞ。

……うん、うん、ああ、今度こそ分かった。本のこと語るんだな？　ＯＫ。

この本は外伝だし正直あたしの出番があまりないから、別に読まなくてもい――

え、もういいのか？　なんだか分からんけど、やっと終わったぜ！　じゃあな！


【杉崎鍵のあとがき】


今思ったけど、本来このあとがきって、元々俺に書く権利あったんじゃね？……まあいいけど。一巻の時は多少書かせて貰《もら》ったし。

さて、創作についてだけど……特に語ることはない！　終わり！

………………。

いや、だって、俺、あったこと書いているだけだし！　日記みたいなもんだし！

というわけで、仕方ないので、俺は「俺が望む今後の展開」を書いてみたいと思います。

（ちなみにこのあとがき書いているのは、卒業式のちょっと前だ）。

生徒会に在籍《ざいせき》する美少女四人や林檎《りんご》、その他ヒロイン達は、遂《つい》にイケメン副会長、杉崎鍵にそれぞれの熱い想いを打ち明ける！　そしてそれに応える俺！　そこに挟《はさ》まるのは、ライトノベルギリギリ限界ラインのエロ描写《びょうしゃ》と挿絵《さしえ》！

更《さら》に更に、新ヒロインも続々投入！　無口系とかいいね！　いないもんな生徒会、無口系！　しかし会話が主体の作品で無口キャラは成り立つのか！　その辺も含めて期待！

あと、杉崎鍵、遂に異世界に行きます！　でもガチファンタジーじゃなくて、ハーレム系異世界です！　なんやかんやで女しかいない、だから唯一《ゆいいつ》の男（俺）の価値がハンパねぇ！　みたいな感じがいいです！　戦いとかは結構です！　ただ、モテるためなら仕方ないからやるけどな！（例・怪物《かいぶつ》に襲《おそ》われている村娘《むらむすめ》を颯爽《さっそう》と助ける俺）

あとあと、激しく十八禁ゲーム化希望！「J○NKI」的な感じで！　当然個別ルートなしの、ハーレムルートオンリーだ！　くぅ、たまらん！　たまらん！

あそうだ、飛鳥《あすか》忘れてた。飛鳥は……性格変わってたらいいなぁ、うん。しばらく会ってないんだけど。あれだな。お淑《しと》やかになってたらいいよな、うん。俺の知っている飛鳥は、ビジュアル以外完全に魔女《まじょ》だからな。魂《たましい》と外見の同期を測《はか》ったら、確実に禍々《まがまが》しくなる逸材《いつざい》だからな。ホント、お淑やか……とまではいかなくとも、せめて、普通《ふつう》になっていたらいいなぁ。俺に厳しいことも言わない、優しい優しい同学年に――うっ。なんだろう。

今ブルッと来た。なんか嫌《いや》な予感した。もう飛鳥のこと考えるのはやめておこう。

あとは……。

……うん、まあ、なんつうか……。

卒業式、来なかったら、いいな。

……なんて。

や、やめやめ！　なんかしみったれたこと書いちまった！　あー、ここ消すか。って、音声を原稿《げんこう》に起こす作業のやりすぎで、もう独《ひと》り言までタイピングするようになってるよ……ったく。

しまったぁあああ！　操作間《ま》違《ちが》えてここまでの原稿、真儀瑠先生に送っちまったぁあああ！　くぅ！　今の廃棄《はいき》して貰《もら》――えないよなぁ！　あの先生だもんなぁ！

畜生《ちくしょう》！　送ったメールを取り消す機能が欲しい！

……しょうがない。あとがき追記して、フォローを図《はか》るか。

えーと、なんだ。あ、謝辞《しゃじ》でも書くか。そうしよう。これで真面目《まじめ》な感じになるよな、うん。色々紛《まぎ》らわせられる。

　というわけで。

　いつも知弦さんを通して原稿のやりとりしてくれている担当さん、ありがとうございます。ところで、俺が前々から提案している新規エロゲー企画《きかく》「学園猥褻黙示録《わいせつもくしろく》」の方は、ご一考頂けたでしょうか。ご返事、お待ちしております！

　そしてイラストの狗神煌《いぬがみきら》さん！　いつもグッジョブです！　めっちゃいいです、俺の彼女達のイラスト！　魅力《みりょく》を余すところなく捉《とら》えてくれています！

　……しかし。

　しかしどうして、どうして、六巻以降の役員セクシーポージング撮影《さつえい》や外伝のコスプレ撮影には同行させて貰えないのでしょう！　お、俺も生徒会役員ですよ！　い、色々チェックしたいことだってあるんです！　ええ、あるんです！　ありますとも！　あるだろうさ！　というわけで、次こそはお願いします。……本当にお願いします。

　ではでは、六月発売らしい外伝のコスプレ撮影会を楽しみにつしつつ。……ハァハァ。

【初出】

フィギュア化する生徒会　ドラゴンマガジン2010年1月号
一年C組の現状　ドラゴンマガジン2010年7月号付録
秋峰家の事情　ドラゴンマガジン2010年7月号付録
僕らの私情　ドラゴンマガジン2010年7月号付録
すぎさきメモリアル　書き下ろし
盗聴知弦四変化　書き下ろし

富士見ファンタジア文庫

生徒会《せいとかい》の水際《みずぎわ》

碧陽学園生徒会黙示録4

平成23年2月25日　初版発行
平成23年5月20日　再版発行

著者――葵《あおい》せきな

発行者――山下直久

発行所――富士見書房
〒102-8144
東京都千代田区富士見1-12-14
http://www.fujimishobo.co.jp
電話　営業　03(3238)8702
　　　編集　03(3238)8585

印刷所――暁印刷
製本所――BBC

ISBN978-4-8291-3611-9 C0193